CW01426369

BRACCATA

PROGRAMMA SPOSE INTERSTELLARI: LIBRO 17

GRACE GOODWIN

Braccata

Copyright © 2021 by Grace Goodwin

Tutti i diritti riservati. Nessuna parte di questo libro può essere riprodotta o trasmessa in qualsiasi forma o modo, elettronico o meccanico, incluse fotografie, registrazioni o per mezzo di altri sistemi di archiviazione e recupero, senza il permesso scritto dell'editore.

Pubblicato da KSA Publishing Consultants Inc. 2021

www.gracegoodwin.com

Goodwin, Grace

Braccata

Progettazione di copertina di KSA Publishers 2020

Immagini di Deposit Photos: ooGleb, diversepixel

Questo libro è adatto a *soli adulti*. Le violenze corporali e le attività sessuali rappresentate in questo libro sono opere di pura fantasia e concepite per lettori adulti.

ISCRIVITI ALLA NEWSLETTER

Iscriviti alla mia mailing list per essere il primo a sapere di nuove uscite, libri gratuiti, prezzi speciali e altri omaggi di autori.

http://ksapublishers.com/s/bw

1

Viceammiraglio Niobe, Centro Elaborazione Spose Interstellari, La Colonia

"CORRI. Lo sai che mi piace la caccia. Ti prenderò, e allora..."

La profonda voce maschile era un sussurro rauco, ma lo sentii attraverso l'ampio spazio che ci separava come se fosse stato accanto a me. Non aveva bisogno di terminare la frase. Sapevo cosa mi avrebbe fatto quando mi avesse catturata. La pelle mi formicolò, la mia fica si contrasse, bisognosa.

Ero veloce.

Lui era più veloce.

Ero astuta.

Lui era spietato.

Ero una Cacciatrice.

Ma ero anche cacciata.

Ero la sua preda. Il suo desiderio. *La sua compagna.*

E quando mi avesse trovata, mi avrebbe presa. Mi avrebbe controllata. Riempita. Scopata e fatta sua. Completamente.

Non stavo scappando da lui perché non lo volevo.

Era esattamente il contrario.

Il cuore mi batteva forte non per la stanchezza, ma per l'eccitazione. La brama.

E così corsi più velocemente. La caccia faceva parte dell'accoppiamento. Non avrei permesso a un maschio indegno di reclamarmi. E non mi avrebbe reclamata se non lo avessi messo alla prova.

Il terreno era ripido, gli alberi fitti, la canopia di foglia sulla mia testa bloccava quasi del tutto la luce del sole. L'aria era umida, calda. Quasi torrida.

Sorrisi e girai velocemente attorno a un grande albero, balzai scavalcando un tronco caduto.

"Sei bagnata per me. Riesco a sentire l'odore della tua fica fin da qui."

Gemetti. Era vero. Ero bagnata e bisognosa. Non ero semplicemente surriscaldata dall'inseguimento, dai chilometri che avevamo percorso. Morivo dalla voglia di avere il suo cazzo. Lui si muoveva così velocemente, i suoi passi erano leggeri. Eppure lo sentivo con la stessa facilità con cui lui sentiva me. Aveva il respiro ansimante, la pelle ricoperta di sudore. Inalai il suo odore, un odore oscuro che avrei riconosciuto ovunque. In qualsiasi momento, per il resto della mia vita.

La maggior parte delle donne si sarebbero fermate. Avrebbero aspettato. Avrebbero permesso al proprio maschio di acciuffarle. Dèi, la maggior parte delle donne non sarebbero proprio scappate. Ma io non ero la maggior parte delle donne. Io ero un'Everian. Una Cacciatrice. E quindi mi muovevo ancora più velocemente. Il terreno era sfocato sotto i miei piedi, i capelli spinti all'indietro dal vento.

"Quando ti metterò sotto di me, compagna," ringhiò lui, "capirai a chi appartieni. Di chi è la tua fica. Verrai quando io ti dirò di farlo. Sul mio cazzo. Sulla mia bocca."

Pensare alla sua testa in mezzo alle mie cosce, alla sua lingua sulla mia clitoride, che turbina e mi stuzzica il bocciolo turgido, mi distrasse. Inciampai, ma non caddi.

"Ah, compagna. La vuoi la mia bocca su di te?" Si era accorto che avevo rallentato. "Allora lasciati prendere."

Mi misi a ridere, assottigliai gli occhi e sbucai in una radura. "Mai."

Quando lo sentii gemere, il mio cuore fece i salti di gioia. Voleva che lottassi. Voleva il mio spirito. Il mio bisogno di dimostrargli la mia forza prima di sottomettermi. Perché lo avrei fatto. Mi sarei goduta la sua dominazione. La sua forza. Mi sarei arresa a lui, ma il potere sarebbe stato sempre tra le mie mani.

I miei pensieri mi avevano distratta. Era caduto il silenzio. Niente rumore di passi. Solo gli animali della foresta, il vento. Non mi stava più inseguendo.

La sua tattica cambiò. Rallentai, poi mi fermai quando tutto rimase in silenzio.

Mi girai e guardai in tutte le direzioni. Lo cercai. Ascoltai. *Sentii.*

Lo udii di nuovo.

Il battito del cuore.

Il respiro.

Inalai ciò che gli apparteneva.

Un profumo oscuro.

Mi girai e lo vidi. Davanti a me. Dovetti inclinare la testa all'indietro per guardarlo in quei suoi occhi eccitati.

"Come..."

Sorrise, un sorriso ferino, eppure dolce.

"Non importa, compagna." Il suo cesto si espanse e inalò a fondo.

Mi irritai. Non mi sarei fatta sopraffare così facilmente. Fuggii.

Lui si mise a ridere.

Mi acciuffò di nuovo. Non avevo idea di come ci fosse riuscito, ma non riuscii a individuare la sua posizione fino a quando non mi fu addosso. Era come se avesse un mantello, un mantello che lo avvolgesse. Che nascondesse i suoi movimenti.

Un'abilità che non conoscevo. Mi ritrovai stretta all'improvviso, voltata e premuta contro un albero. Mi toccò come se fossi fatta di vetro, persino con tutta l'aggressione che ci pompava nelle vene.

"Sottomettiti," disse con un ringhio.

Mi mise la mano sul fianco, l'altra sull'albero dietro la mia testa. La sua asta era premuta contro di me. Ogni singolo, duro centimetro. Sentii il suo cazzo, la tozza asta contro il mio ventre.

Ero combattuta. Il potere dell'unione stava distuggendo la mia concentrazione. Volevo scappare. Correre. Farmi inseguire di nuovo. Avevo bisogno dell'euforia che l'inseguimento mi provocava. Ma bramavo il suo tocco. Il suo calore. Il suo membro duro.

Avrei voluto inginocchiarmi di fronte a lui. Avrei voluto denudarmi, distendermi sull'erba e spalancare le cosce.

Avrei voluto mettermi a quattro zampe, girarmi e guardarlo mentre mi montava. Mentre mi reclamava. Mentre mi prendeva brutalmente, proprio come avevo bisogno di essere presa.

Una grande mano mi afferrò il mento, mi fece inclinare il volto all'indietro. "Dillo. Dì quella parola che ti renderà mia."

Deglutii e mi leccai le labbra. Era qui. Mi aveva trovata. Mi aveva dato la caccia. Non c'era nient'altro che potessi fare, che *volessi* fare.

"Sì."

Si inginocchiò davanti a me, mi sfilò gli stivali e i pantaloni e mi ritrovai nuda dalla vita in giù. Si muoveva con la stessa velocità con la quale mi aveva inseguita. In un istante, mi ritrovai con le gambe sopra le sue spalle, la sua bocca su di me. Lì.

Il suo corpo mi premette contro l'albero. Mi ritrovai sollevata, staccata dal terreno, senza potermi appoggiare a niente. Potevo solo aggrapparmi alla sua testa, infilargli le dita tra i capelli. Mi leccò, mi allargò. Trovò la mia clitoride.

Un suono primitivo gli rimbombò nel petto e mi spinse verso l'orgasmo. Sapevo che gli stavo sgocciolando sulla faccia, tanto ero eccitata, tanto intenso era il climax.

"Perché?" chiesi non appena riuscii a riprendere fiato. Senza muovere la testa, mi baciò l'interno della coscia e sollevò gli occhi per guardarmi.

"Perché mi sono inginocchiato di fronte a te se sei tu quella che si deve sottomettere?"

Annuii sbattendo la schiena contro la corteccia ruvida.

"Il tuo corpo, il tuo piacere, sono miei. *Tu* sei mia. Anche se sono io quello in ginocchio, sei tu quella che mi sta dando tutto."

Non riuscivo a vedere la tozza silhouette del suo cazzo, ma sapevo che ce l'aveva duro. Pronto a scoparmi.

"E tu?"

In un lampo, mi ritrovai distesa sul terreno soffice, le gambe sempre sulle sue spalle.

Si mosse per aprire i pantaloni, tirare fuori il cazzo, allinearsi alla mia entrata e penetrarmi.

"Sì!" gridai sentendomi piena. Sentendolo dentro di me. Che mi allargava. Che mi reclamava.

"Eccola di nuovo, quella parola. Il tuo consenso. La tua sottomissione."

Lo tirò fuori e io gemetti, ma in un batter d'occhio mi ritrovai a quattro zampe, con lui che mi montava da dietro. Allora mi prese. Con forza. Fino in fondo.

Il suo forte corpo si curvò su di me, la sua bocca si posò sul mio collo, mordendo il battito accelerato, mordendo la giuntura tra il collo e la spalla. "Mia."

Afferrai il terreno umido in cerca di stabilità, ma non ne trovai. Ci fece spostare sul fondo della foresta, e l'unica cosa che si poteva udire era il rumore che produceva la carne che sbatteva contro la carne, il rumore del suo cazzo che scivolava facendo dentro e fuori dalla mia fica. Gli animali erano scappati, spaventati.

Eravamo *noi* gli animali. Selvaggi e irrequieti. Gridai, pronta a venire di nuovo.

"Che fica avida. Così bagnata. Perfetta per me. *Tu* sei perfetta per me. Mia."

"Sì."

"Dammelo."

Sapevo a cosa si riferiva. Non solo al mio orgasmo, ma al mio corpo. Alla mia anima.

Le pareti della mia vagina si contrassero attorno a lui come un pugno, attraendolo, desiderandolo, bramando ogni tozzo centimetro del suo membro.

Venni con un grido, il suono echeggiò per la foresta, per la vallata attraverso la quale mi aveva braccata.

Spinse fino in fondo. Si irrigidì. Gemette. Venne. Sentii il calore del suo seme che mi riempiva, mi faceva sua.

E lui era mio: sì, era lui quello autoritario, ma ero stata io a dargli piacere. Senza di me, non sarebbe stato completo.

E... mi sottomisi del tutto. Spontaneamente. Felicemente. Completamente.

Aprii gli occhi e sussultai.

"No!" gridai, e quell'unica parola echeggiò rimbalzando contro le pareti della stanza spoglia.

"Bello, eh?"

Sbattei le palpebre e guardai la faccia compiaciuta di Kira. Si era sporta su di me, ma subito indietreggiò quando mi misi a sedere con uno scatto.

Mi passai la mano sugli occhi. Dèi, era stato intenso. Così reale. Ma era stato tutto un sogno. Uno stupido sogno provocato dai test delle spose.

Rachel, un'altra donna della Terra che era la compagna del governatore della Colonia, era in silenzio, ma stava sorridendo. Sì, stava ridendo dentro di sé.

Il dottor Surnen, che era a capo di tutti i test eseguiti sul pianeta, stringeva il suo tablet tra le mani. Non sapevo se fosse in silenzio perché sapeva che il test comprendeva degli intensi sogni erotici o perché io ero la prima femmina che aveva sottoposto al test e non sapeva bene cosa dirmi. Da quanto mi avevano detto, al momento, a parte un'altra terrestre, Kristin, ero l'unica femmina senza compagno di tutto il pianeta. Di norma questo dottore non sottoponeva le femmine ai test. Lavorava solo con i combattenti integrati che venivano trasferiti qui dopo esser sfuggiti alla prigionia.

Sapevo di avere i capezzoli duri, ma di certo non avevo

intenzione di dirglielo. L'unico motivo per cui non avevo un'erezione era perché ero sprovvista di cazzo, ma la mia fica bramava quel sesso che avevo tanto vivamente immaginato... ma non avevo fatto.

Ero arrapata. Arrapata come non mi ero mai sentita in vita mia. Doveva essere così il test, crudele? Doveva farti eccitare senza poi darsi la briga di farti venire? Lo facevano così che la persona che si sottoponeva al test accettasse sempre l'abbinamento solo per ottenere il senso che le veniva promesso?

A questo punto, con questi capezzoli traditori e la fica che mi si contraeva bramando di essere riempita da un cazzo, probabilmente avrei approvato l'abbinamento a un pianeta dove i maschi erano blu e avevano due peni.

"Sono venuta qui per visitare te e Angh, non per farmi testare," le ricordai, per quella che non era la prima volta.

Alzò gli occhi al cielo. "Hai fatto entrambe le cose. Un viaggio decisamente utile."

Scesi dal lettino e mi stiracchiai. Pessima idea: non fece altro che farmi strusciare i capezzoli contro l'uniforme dell'Accademia che avevo indosso. Gemetti.

Rachel si mise a ridere.

"Tu non mi piaci," borbottai e le rivolsi la mia occhiata malvagia da capo dell'Accademia che di solito terrorizzava i cadetti. Lei si mise a ridere ancora più forte.

acciatore d'Elite Quinn, Latiri 4, Base di Integrazione dello Sciame, Settore 437

PESANTI MANETTE mi circondavano i polsi e il collo, il mio sangue secco era l'unico segno di quello che le unità di Integrazione stavano provando a farmi.

Rendermi uno di loro.

Uno dello Sciame.

Controllarmi. Controllare la mia forza e le mie abilità di cacciatore. Controllare la mia mente. Sarei morto prima di arrendermi al ronzio che avevo nel cranio. Il rumore si faceva più forte a ogni giro di iniezioni. Continuavo a perdere la mia mente, ma il mio corpo si faceva sempre più forte.

Avevo guardato due amici d'una vita, due Cacciatori d'Elite come me, morire contorcendosi nelle proprie celle. Ma non si erano trasformati nel nemico. Avevano combat-

tuto fino alla fine, e si erano rifiutati di dare allo Sciame ciò
che voleva. Altri guerrieri. Guerrieri d'élite.

I miei fratelli non avevano dato al bastardo blu che
gestiva questa base ciò che voleva. Io ero l'ultimo. L'ultimo
Cacciatore d'Elite in queste celle sotterranee. La sua ultima
occasione di successo.

Gli altri si erano opposti fino alla fine. E così avrei fatto
anche io.

"Vedo che sei sveglio, Cacciatore." L'alieno blu scuro era
tappezzato di argento e blu scuro. I suoi occhi erano quasi
neri. Completamente opachi, non c'era niente dietro le
orbite, nessun bagliore emotivo, nessuna anima. Non era il
blu del cielo terso, era qualcosa di più scuro, di gran lunga
più sinistro. Sapevo che dinanzi a me avevo il famigerato
Nexus, uno dei mitici leader – o creatore – dei sistemi dello
Sciame. Le mie informazioni provenivano direttamente dal
Centro Intelligence della Flotta. Ne erano stati avvistati
pochissimi, e solo dalle femmine umane provenienti da un
nuovo pianeta della Coalizione chiamato Terra.

"Che cosa vuoi? Non mi piacciono né gli uomini né il
blu, quindi non t'eccitare troppo." Il Nexus assottigliò gli
occhi ma non mostrò nessun'altra reazione. Sapeva ciò che
intendevo. Riuscivo a percepire la sua irritazione nell'aria.

"Non ho alcun desiderio di procreare con te."

"Grazie agli dèi."

Si indispettì ancora di più. "Cerchi di essere spiritoso,
Cacciatore, ma questi tentativi non ti salveranno. Sarai mio,
alla fine."

Scossi il capo e lo guardai negli occhi. Quel gesto fece
crescere il rumore che avevo nella testa fino a farlo diventare
un ruggito, e sentii un dolore fortissimo, come se qualcuno
mi stesse ficcando degli aghi negli occhi. Ma sostenni quello

sguardo e lo sfidai a uccidermi. "No. Sarò un altro guerriero morto, e tu fallirai."

Il Nexus ringhiò, sollevò la mano e mi colpì sulla guancia.

I Nexus non erano come i loro soldati. Reagivano. Parlavano di sé stessi in prima persona, non in terza. Erano *vivi*. Erano degli individui.

Potevano essere manipolati. Spaventati.

Stuzzicati.

Sorrisi alla creatura blu mentre sollevava una mano per far cenno a uno dei suoi soldati di ricominciare con le iniezioni. Gli aghi mi perforarono il collo e i polsi, andando in profondità, pompando nel mio corpo le microscopiche tecnologie dello Sciame, nanociti così piccoli che i dottori della Coalizione mai e poi mai sarebbero riusciti a rimuoverli dai guerrieri contaminati come me. Fossi sopravvissuto, i miei giorni da cacciatore erano probabilmente finiti. A seconda della gravità delle integrazioni, avrebbero potuto esiliarmi sulla Colonia, inutile e dimenticato.

Non c'era speranza per me, ma continuai a sorridere mentre il Nexus si allontanava. Quando se ne fu andato, mi sedetti contro il muro. Quando mi avevano catturato, mi avevano lasciato l'uniforme, ma mi avevano portato via le armi. L'uniforme manteneva la temperatura corporea stabile, ma non poteva far niente per proteggere la mia mente dalla brutale realtà di questa caverna. Di questa base. Della stazione di trasporto a pochi passi dalla mia cella. Riuscivo a vedere i prigionieri che arrivavano a dozzine: Prillon, Viken e umani, Atlan e Xerimian – sebbene pochi delle ultime due razze – troppo grandi per poterne catturare tanti. E c'erano ancora meno Cacciatori Everian, come me. il fatto che il Nexus stesse gestendo una struttura di integrazione

proprio qui, su questo pianeta, sotto il naso del comandante
Karter, era a dir poco spaventoso. Folle. Nessuno sapeva che
fossimo qui. *Proprio qui* dove non ci stavano cercando,
perché si riteneva che qui dello Sciame non ci fosse
neanche l'ombra.

Quel pensiero mi fece infuriare, e l'adrenalina che mi
attraversò il corpo alzò al massimo il volume del rumore
nella mia testa. Non potevo permettermi le mie emozioni.
Se volevo combattere la tecnologia dello Sciame e restare
sano di mente, se volevo vincere la guerra contro lo stronzo
blu che voleva spezzarmi, allora dovevo restare calmo.

Feci un respiro profondo, rallentai il battito del mio
cuore e mi immaginai Zee, il mio amico sfregiato, e la sua
nuova compagna su Everis che vivevano una vita felice, in
pace. Se Zee era fortunato, aveva due o tre pargoli che di
giorno correvano in giro per casa; la notte, poi, aveva Helen,
la sua bellissima compagna della Terra, che si arrendeva al
suo tocco.

Avevo sperato in una femmina tutta mia, una tenera
femmina remissiva che avesse bisogno di una mano forte in
grado di confortarla e darle piacere. Mi ero persino iscritto
al Programma Spose Interstellari e mi ero sottoposto al test
di abbinamento, come da protocollo. Era successo mesi fa.
Non era arrivata nessuna compagna a condividere la vita
con me, non ero stato abbinato a nessuna femmina. Forse
ero troppo problematico. Avevo troppe cicatrici dentro di
me. Ero troppo pieno di rabbia. Sapevo di non essere più un
maschio sano, eppure continuavo a sperare. Ma negli ultimi
giorni, fissando i freddi occhi neri del predatore Nexus,
avevo permesso a quella speranza di morire. Non avevo
bisogno della speranza, non qui. Avevo bisogno di forza.
Audacia. Determinazione. Volontà.

Il Nexus non mi avrebbe spezzato. Poteva uccidermi, ma non poteva spezzarmi.

———————

NIOBE, Centro Elaborazione Spose Interstellari, la Colonia

KIRA MI VENNE incontro e mi abbracciò, il che mi fece irrigidire per la sorpresa. "Sì che ti piaccio," disse. Avevamo lavorato insieme all'Accademia, e nelle missioni segrete dell'Intelligence, ma ciò non significava che volessi farmi strizzare da lei. "È finita. Come quando da bambini ci facevano il vaccino. Il pensiero era peggiore della realtà. Il test non è stato piacevole?"

Non aveva intenzione di smettere di pungolarmi. Alla domanda fece seguire un occhiolino.

"Lo sai come la penso sull'avere un compagno. Ho trentasei anni. Sono arrivata fino a qui senza averne uno, quindi ora mi sembra sciocco."

"Eppure su quel lettino ti ci sei seduta di tua spontanea volontà. Non ti abbiamo mica costretta," disse infine Rachel.

Aveva ragione. Odiavo anche lei. Mi era stato chiesto di prendermi una pausa dall'Accademia, ma non avevo dei familiari da andare a trovare. Ero per metà Everian, e avevo vissuto sul pianeta per due anni prima di unirmi alla Coalizione, ma qui non mi sentivo a casa. Non sarei mai andata in vacanza su uno dei pianeti più lontani, e non sarei venuta alla Colonia se Kira non mi avesse invitata. Mi aveva invitata più volte, e alla fine avevo ceduto – non perché non mi piacesse lei, ma perché non mi piaceva non lavorare – il che mi aveva portata su questo stupido lettino. Non ero ubriaca;

grazie ai geni russi di mia madre e alla mia predilezione per la vodka – cosa che sembrava far parte del mio DNA – potevo battere a suon di bicchieri anche il più grosso degli Atlan.

Ciò che non faceva parte del mio DNA era il desiderio di avere bambini. Una famiglia. Qualsiasi cosa che un compagno della Coalizione potesse aspettarsi da una sposa. Avevo un utero, sì, ma non era aperto al pubblico. No, proprio per niente.

"Lo so," risposi passandomi la mano sull'uniforme per allisciare una grinza che non c'era. Non mi avevano costretta a farmi testare, ma l'avevo fatto senza nessun entusiasmo. Chi mi sarebbe costato? Ero mezza umana, mezza Everian. Crescendo sulla Terra non mi ero mai sentita integrata, e su Everis ero considerata una terrestre. Ero, come al solito, strana. Non mi piaceva essere fuori fase, senza controllo, e mi sentivo scompigliata e sudata come se avessi appena fatto sesso. Ma non era successo. Dio, chi era quella coppia di cui avevo sognato? *Quella* sì che era una relazione. Intensa. Una connessione incredibile. Ma il modo in cui la femmina si era sottomessa al suo compagno? Beh, quello con me non funzionava. Io non mi sottomettevo a nessuno. Ero un viceammiraglio a capo dell'intera Accademia della Coalizione. Non avevo bisogno di un maschio che mi comandasse a bacchetta.

Ma di certo mi sarebbe tornato utile il suo cazzo. *Quello* sì che poteva comandarmi a bacchetta, soprattutto nel modo in cui il tizio del sogno lo aveva dato alla donna. Dio, sì. Ma un cazzo senza un maschio attaccato è un semplice dildo, e di quelli ne avevo in abbondanza.

"Non devi per forza fare dei figli," mi ricordò Kira come se mi avesse letto nel pensiero. Oppure aveva ascoltato il mio continuo borbottio sul *perché* non dovevo diventare una sposa sin da quando lei e Rachel lo avevano suggerito.

"Voi li avete," risposi guardandole. Non avevo moltissime amiche. All'Accademia dovevo restare separata dagli studenti e dalla maggior parte dello staff. Ero a capo di tutto, e non potevo fare l'amicona con tutti.

Queste due donne mi avevano preso sotto la loro ala durante la mia visita, anche se all'inizio non ero stata troppo entusiasta al riguardo. Sapevano che ero permalosa e spesso infastidita dalla mia capacità di vedere le cose esclusivamente in bianco e nero – non letteralmente, ma in senso metaforico. Ma loro venivano dalla Terra ed era bello parlare delle cose della Terra. Asciugacapelli. Gelato vero fatto con il latte di una mucca, un animale che esisteva solo sulla Terra. Con loro non mi sentivo così... diversa.

In qualche modo, mi avevano messa con le spalle al muro per quanto riguardava il mio essere rimasta single per tutto questo tempo. Avrei dovuto farmi testare e abbinare sei schieramenti della Coalizione fa. Ero una vecchia zitella, e mi andava bene.

"Noi non siamo te," rispose Kira. "Noi li volevamo, dei figli."

Ma dai.

"Dottor Surnen, può dire alla viceammiraglio che non è costretta a partorire dei figli alieni per il proprio compagno?" disse Kira.

Il dottore, che si era mosso per andare a sedersi su una sedia con le rotelle, mi lanciò un'occhiata. "La viceammiraglio non ha bisogno che le venga ripetuto ciò," disse. "Non insulterò la sua intelligenza."

Furbo Prillon.

Sorrisi e annuii.

"Bene," borbottò Kira. "Allora lo farò io. Sei intelligente, ma su questo punto hai veramente la testa ficcata su per il culo. Il test ti abbinata al *tuo* compagno perfetto. Ciò significa che se non vuoi dei bambini, allora il test questo lo sa. Non ti abbinerà a qualcuno che vuole dodici figli. È il tuo abbinamento *perfetto*."

Guardai il dottore, il quale annuì.

"Beh, non è che l'abbinamento avviene immediatamente," dissi dirigendomi verso la porta che dava sulla stanza dei test che faceva parte dell'unità medica. "Me ne tornerò all'Accademia e aspetterò. Ho sentito che alcuni dei guerrieri qui sono anni che aspettano."

Il dottore si schiarì la gola e allora ci girammo tutte verso di lui. "Mi spiace deluderla, viceammiraglio, ma è stata abbinata."

Spalancai la bocca. Il cuore mi piombò nello stomaco. "Cosa?"

Kristen e Rachel si misero entrambe a ridacchiare e ad applaudire come cheerleader. Ma perché mi piacevano?

"È stata abbinata."

"Sì, ho sentito," borbottai. "Che cosa vuol dire?"

"Vuol dire che è stata abbinata a Everis, a un Cacciatore d'Elite."

"Ma certo che ti hanno abbinata a Everis," disse Kristen. "Ha senso. Sei per metà Everian, e hai il marchio."

Girai la mano e fissai il marchio che avevo sul palmo della mano. Crescendo sulla Terra, avevo sempre pensato si trattasse di una semplice voglia. Ma quando ero arrivata su Everis, avevo imparato che era molto di più. Per gli altri. Per me, non significava niente. Non speravo di trovare un compagno marchiato, dal momento che mi ero appena sottoposta al test. Ed ero stata abbinata. "Non sapevo nemmeno di essere per metà Everian fino a quando quei Cacciatori mi hanno trovata sulla Terra quando avevo quattordici anni. Per me, vedere il mio marchio che si sveglia sarebbe come una magia, e non ci credo. No, non sono una ragazza romantica a cui stanno a cuore certe cose. Io sono... realista."

Rachel inclinò la testa da un lato e mi guardò. "Realista? Voglio ben dire. Ti ho vista nell'Arena."

Ci ero andata con loro per assistere ai combattimenti, ma mi ero offerta volontaria per partecipare. Non capitava spesso che avessero dei Cacciatori a combattere. Né delle donne.

"Per favore, posso solo immaginare quello che dicevano alle superiori. Correvi, vero?"

Non avevo mentito quando avevo detto che non sapevo di non essere del tutto umana. Pensavo solo fossi strana. E così pensavano anche tutti quelli dove ero cresciuta, specie dopo che era morta mia madre ed ero finita in affidamento. L'orfana che faceva cose impossibili. Quando ero piccola, udivo conversazioni che non avrei dovuto sentire, e ciò mi aveva procurato un sacco di grane. Ripensai a quel periodo non troppo divertente della mia vita, quando ero cresciuta e avevo imparato ad ascoltare ma anche a stare zitta, il che era successo in modo incredibilmente veloce, follemente spietato, e senza che capissi il perché.

D'improvviso, riprovai tutto le emozioni di quel tempo. Alienazione, insicurezza, rabbia. Ero stata la ribelle, come la tipa *goth* che si metteva una quintalata di ombretto solo per far incazzare la gente. Io l'ombretto non me l'ero *mai* messo, ma capivo cosa provavano le ragazze che lo facevano. Ero la stella dell'atletica in una scuola enorme, avevo infranto tutti i record di atletica leggera e di corsa campestre, il che aveva fatto di me un'eroina. Avrei potuto facilmente vincere le gare nazionali, ma mi trattenni perché a malapena rimanevo senza fiato. Il mio battito cardiaco non accelerava quasi mai, nemmeno dopo una corsa di dieci chilometri. Non avevo desiderato la gloria. Non avevo voluto le borse di studio per il college, dove avrei provato a capire quanto potessi mostrare delle mie abilità senza attirare troppo l'attenzione. Non mi interessava delle scuole della Ivy League, né delle Olimpiadi. A me mancava la mia mamma. Non mi ricordo molto di lei, il suo sorriso, il suo profumo, la sua voce, ma mi mancava *sentirla*. Dio, i suoi abbracci. Ero da sola al mondo, e l'unica persona che mi accettava era morta.

Non volevo attenzioni. Volevo risposte. Volevo sapere perché ero un fenomeno da baraccone.

Lo sapevo *ora*. Avevo del sangue Everian che mi scorreva nelle vene. Non avevo idea di come avesse fatto mia madre a darsi da fare con un Everian in Minnesota, ma tant'è. Il mio donatore di sperma se n'era tornato su Everis dopo una veloce scopata sulla Terra? Lo avevano ucciso? Non l'avevo mai scoperto. Diamine, se quegli Everian non fossero venuti sulla Terra per cacciare e non avessero letto delle mie vittorie, probabilmente sarei ancora stata sulla Terra. Una volta visto il mio marchio, una volta avermi vista correre veloce come il vento, non mi avevano lasciato molta scelta. Mi avevano costretta a tornare con loro su Everis, a essere un'E-verian. Il che, nonostante il mio DNA, non era facile. Quando si dice "shock culturale".

"Non me ne andrò su Everis per vivere per sempre felice e contenta insieme al mio compagno," dissi guardando il dottore per assicurarmi che sapesse che facevo sul serio. "Ho dei doveri nei confronti dell'Accademia. Non ho intenzione di andare in pensione."

"Non deve, ma da lui *deve* andarci," disse. "Ai dettagli potrete pensarci dopo..."

Inarcai un sopracciglio e mi misi a braccia conserte. "*Io* devo andare da *lui*? Domani torno in Accademia. Può farsi trasportare e incontrarmi lì."

"È la tradizione. Mi dispiace. La sposa che si sottopone al test deve raggiungere il maschio. Se si rifiutasse, lo disonorerebbe."

Mi accigliai. "Non voglio nemmeno cominciare a elencare i motivi per qui quella tradizione dovrebbe essere cambiata."

"Desidera rifiutare l'abbinamento? Disonorarlo?"

Al diavolo. Era l'ultima cosa che avrei fatto a un onorevole guerriero. "No."

"Eccellente." Il dottore sollevò le mani come per parare il mio assalto verbale. "Allora la trasporteremo da lui. Quello che poi deciderete voi, dove vivrete, spetta interamente a voi."

"Puoi portarli tu i pantaloni a casa," mi disse Kira facendomi l'occhiolino. "Ma va' da lui."

Alzai gli occhi al cielo. Ringhiai persino. La verità era che avevo amato quel sogno. Ogni singolo istante. Di pantaloni non volevo indossarne proprio. Volevo eccitarmi bagnarmi e denudarmi per la sua lingua – o per il suo cazzo.

"Viceammiraglio, stai arrossendo." Kira mi stava sorridendo come una sciocca che si era presa una cotta, il che era vero. Non che potessi biasimarla. Anghar era un guerriero impressionante. E la verità era che nessuno mi aveva costretta a sedermi su questo lettino. Avevo permesso a Kira e Rachel di persuadermi, di spingermi. La verità era che ero stanca di essere sola.

"Va bene." Gettai le mani in aria e ripetei: "Va bene!"

Tutti e tre espirarono e si rilassarono visibilmente, il che non fece altro che farmi arrabbiare ancora di più con me stessa per essermi mostrata debole e titubante. "Ci andrò."

Il dottore si alzò e poi, in un attimo, ecco che Kira e Rachel mi stavano spingendo fuori dalla porta e verso il centro di trasporto prima che potessi cambiare idea. Nel giro di pochi minuti mi ritrovai sulla piattaforma di trasporto, con il dottore che lavorava con i tecnici per sistemare le coordinate. Mi guardai, assicurandomi che la mia uniforme da viceammiraglio della Flotta della Coalizione fosse in ordine e che avessi la mia arma legata alla coscia. Se dovevo lasciare la Colonia, allora mi sarei portata tutto quanto.

Il dottor Surnen si schiarì la gola e io lo guardai, incrociando il suo sguardo. "Tradizione vuole che le femmine arrivino indossando abiti più femminili..."

Gli lanciai un'occhiataccia. "Non tentare la sorte, dottore. Voglio che il mio potenziale compagno sappia esattamente con chi ha a che fare."

Il dottore sogghignò, qualcosa di raro per un Prillon, soprattutto qui sulla Colonia. "Come desidera, mia lady."

"Io non sono una lady."

Altri sogghigni, ma tenne la bocca chiusa. Un Prillon furbo, senza dubbio.

"Fagli soffrire le pene dell'inferno, Niobe! E poi fallo implorare." Kira si mise a ridere, le mani sui fianchi. Il dottore si girò per rimproverare quello che considerava fosse un pessimo consiglio, ma io lo ignorai e le sorrisi.

"È quello che ho intenzione di fare." Implorare. Spingere. Sedurre. Farmi inseguire in mezzo a una foresta.

La fica mi si contrasse al riaffiorare dei ricordi. Dio, non vedevo l'ora.

"Non fare niente che noi non faremmo!" disse Rachel ai piedi dei gradini che conducevano verso la piattaforma rialzata.

"Ti do tre giorni, poi ti chiamo e mi devi raccontare tutto. E intendo *tutto*." Kira ondeggiò le sopracciglia e io le rivolsi un'occhiataccia.

"Affare fatto." Sperando di averle qualcosa da raccontare. Mi girai verso il dottore. "Dove vado, di preciso? Su Everis?"

Sollevò velocemente lo sguardo, poi li riabbassò sui controlli del trasporto. "No, viceammiraglio. Il Cacciatore d'Elite Quinn al momento si trova di stanza con il Battaglione Karter nel Settore 437. In base ai registri della Coalizione, è al comando delle pattuglie contro lo Sciame in una base sotterranea su Latiri 4."

La Karter? Il Settore 437? Mi stavano mandando nel bel mezzo della guerra. Lo sapevo. E, quanto pareva, lo sapeva anche Kira.

"O mio Dio. Ma è in prima linea." Guardò il dottor Surnen e poi me. "Forse *dovresti* aspettare. Non è nemmeno a bordo della corazzata, Niobe. È a terra."

Cacciatore d'Elite Quinn.

Bel nome. Quinn. La mia mente vagò per un istante. Era un Elite. Doveva essere forte. Veloce. Forse tanto veloce quanto il guerriero che mi aveva rincorsa nel sogno...

"Niobe, no. Non puoi fare sul serio. Dovresti aspettare."

Ero così occupata a immaginarmi Quinn che mi possedeva che mi ci volle un attimo per elaborare quello che aveva detto Kira. "Aspetta. È a terra? Non avete detto che è sulla Corazzata Karter?"

Il dottor Surnen si schiarì la gola, guardò qualcosa sul suo tablet, poi guardò me. "Di norma non mi sarebbe permesso dirle questo né sarei in grado di trasportarla verso la sua posizione. Ma vedo che ha tutti i permessi dell'Intelligence."

"Sì, è così." Sapevo tutto quello che accadeva in questa guerra. Non tutto, ma la maggior parte. Erano anni che lavoravo con l'Intelligence.

Sospirò. "Il Cacciatore d'Elite Quinn al momento è a capo di un'unità di Cacciatori che sta facendo ricognizione in cerca dello Sciame. La sua unità si trova in una struttura sotterranea al di là delle linee nemiche."

"Cosa?" Il mio compagno si trovava nel territorio dello Sciame?

"Le battaglie per Latiri 4 e Latiri 7 sono di fondamentale importanza per questa guerra. Quei due pianeti e le loro lune sono perfettamente posizionati per operare come base di attacco per numerosi settori dello spazio. Lo Sciame non è disposto ad abbandonarle, e nemmeno noi."

Questo lo sapevo. Sapevo persino che avevamo seguito la pista dello Sciame e avevamo cominciato a costruire basi sottoterra con l'unico scopo di permettere loro di invadere il territorio. Una volta sistemati in superficie, ignari dei nostri team sotterranei di ricognizione, avevamo raccolto quantità significative di informazioni riguardo i loro movimenti, piani e sviluppi tecnologici. Avevo letto dei nuovi programmi sotterranei diversi mesi fa in un rapporto dell'Intelligence. Ma leggere un documento e venire trasportata in una fortezza sotterranea *al di sotto* del territorio controllato dallo Sciame erano due cose completamente diverse.

Kira e il dottore mi guardarono. Volevo aspettare?

No. Ma non ero nemmeno stupida.

"La base è sicura?"

Il dottore controllò di nuovo il proprio tablet. "Sono

sicuro che potrebbe avere accesso a risorse migliori ma, stando ai dati attuali, sì."

Elaborai quell'informazione per un momento. "E per quanto tempo Quinn resterà assegnato a quella base?"

"A tempo indeterminato. I Cacciatori sono diversi dalle altre risorse della Coalizione. Collaborano con la Flotta della Coalizione, se ciò si confà al loro programma. Potrebbe andarsene domani. Potrebbe restare lì per anni. Non ci sono ordini severi. La decisione spetta al Cacciatore d'Elite a capo della sua unità, e alle loro alleanze su Everis."

Sì, avrei potuto tornarmene all'Accademia e aspettare. Oppure potevo salire sulla piattaforma di trasporto e imbarcarmi in questa selvaggia avventura.

Un formicolio d'entusiasmo mi invase il sistema nervoso. Erano anni che non combattevo, ma il pensiero non mi spaventava. Ciò che mi faceva venire i brividi di terrore era l'idea di ritornare nel mio spoglio ufficio dell'Accademia e fissare fuori dalla finestra per un altro cazzo di giorno. Sì, quello che facevo era importante. Addestravo i guerrieri. Li rendevo intelligenti. Salvavo delle vite. Di quando in quando, l'Intelligence mi chiamava per una missione. Ma da un po' di tempo mi occupavo più di diplomazia e spionaggio che di guerriglia. Ero diventata una burocrate, e ciò mi stava succhiando via l'anima.

Il mio compito principale era addestrare nuovi guerrieri, assicurarsi che fossero in grado di gestire quello che avrebbero trovato là fuori contro lo Sciame. Ma mi annoiavo. Mi sentivo sola. Qualche giorno di eccitazione e sesso bollente sembravano l'ideale.

"Ho passato più di dieci anni nelle squadre di ricognizione prima di essere promossa e cominciare a lavorare all'Accademia. Non ho paura di sporcarmi le mani, Kira."

Kira faceva parte dell'Intelligence. Lei e il suo compagno, il signore della guerra Atlan, erano ancora in servizio. Mi conosceva abbastanza bene da sapere che facevo sul serio. "Lo so." Non nominò ad alta voce l'Intelligence – era contro il protocollo – ma lo sguardo che mi rivolse mi diceva che sapeva esattamente a cosa mi riferivo. "Non è di quello che mi preoccupo."

Rachel stava ridendo in modo sguaiato quando le vibrazioni della piattaforma di trasporto mi attraversarono la pianta dei piedi. Un attimo dopo, i peli sulle mie braccia si misero sull'attenti.

"Il trasporto comincerà tra tre... due... uno..."

E poi le mie due amiche erano sparite e io mi ritrovai di nuovo su una piattaforma di trasporto.

Non sulla Colonia. Su Latiri 4.

Invece di venire accolta compagno Cacciatore d'Elite, mi ritrovai davanti a tre soldati dello Sciame che sembravano tanto scioccati quanto me. Ma che cazzo stava succedendo?

Sollevarono le armi all'unisono, tre ex guerrieri Viken ricoperti dalla tecnologia dello Sciame. Non c'era luce nei loro occhi. Nessuna anima. Erano spariti. Integrati.

Oh, merda. Il dottor Surnen doveva aggiornare le informazioni a sua disposizione.

Questa non era una base controllata dallo Sciame.

Era l'inferno dello Sciame.

3

Quinn, Latiri 4, Base di Integrazione dello Sciame, Settore 437

LE VIBRAZIONI della piattaforma di trasporto mi fecero martellare la testa lì dove la guancia poggiava contro il freddo, duro pavimento della mia cella. Senza dubbio c'erano altri prigionieri in arrivo in quest'inferno, altri guerrieri che non potevo salvare.

Fanculo, non potevo nemmeno salvare me stesso.

L'ultima iniezione che mi aveva fatto quel bastardo del Nexus mi bruciava come acido nelle vene.

Cosa ben peggiore, ora riuscivo a *sentirli*, dentro la mia testa, come il costante ronzio degli insetti sugli alberi di Everis. Un ronzio. Uno sbatacchiamento. Una vibrazione. Il rumore era costante. Il mal di testa mi fece digrignare i denti per la frustrazione. Ma non smisi di oppormi al rumore, non importava quanto mi facesse male. Se mi fossi arreso, mi avrebbero posseduto, e avrei preferito la morte a quell'eventualità.

Il trio dello Sciame che gestiva la piattaforma di trasporto si muoveva come api silenti in perfetta unione. Vedere i guerrieri della Coalizione che erano stati completamente integrati e trasformati in macchine prive di ragione era doloroso, ma non orribile quanto l'idea di finire esattamente come loro.

Vuoto.

Intorpidito.

Un'arma che il Nexus avrebbe potuto brandire contro i miei compagni.

Questa base era stata costruita per essere una fortezza della Coalizione. Latiri 4 e Latiri 7, entrambi nel Settore 437 e sotto la protezione del comandante Karter, erano stati la prima linea di questa guerra per anni. Questo settore dello spazio era di fondamentale importanza per il trasporto di provviste, e come punto di accesso verso numerosi pianeti disabitati.

La Flotta della Coalizione non poteva permettersi di perdere il controllo di questo settore. E quindi aveva costruito questa base sotterranea, in segreto, quando questo cumulo di rocce era ancora nostro.

E poi – li avevamo lasciati entrare. Avevamo lasciato che la prendessero. Che pensassero di aver conquistato terreno e di aver invaso il nostro territorio.

In verità, era stata tutta una trappola per poter raccogliere informazioni da dietro le linee nemiche. Ormai era quasi un anno che questa base veniva usata per spiare le operazioni dello Sciame. Le informazioni che avevamo acquisito avevano cominciato a far girare le cose a nostro favore.

Almeno fino a una settimana fa, quando lo Sciame ci aveva teso un'imboscata. Le Unità di Integrazione si erano mosse direttamente dietro i soldati, e così erano iniziate le torture, le morti e le integrazioni dei miei amici e commilitoni.

Il Nexus era arrivato il secondo giorno. La sua presenza aveva segnato la fine dei Cacciatori d'Elite sotto il mio comando. Eravamo stati messi da parte. Eravamo speciali. Le iniezioni che ricevevamo facevano sì che il lavoro dello Sciame fosse visibile a tutto il mondo.

Ma riuscivo a sentire quello che mi stavano facendo. Da dentro. La tecnologia microscopica si muoveva attraverso le mie cellule come un virus, spaccando tutto. Riparandolo. Trasformandomi in *qualcos'altro*.

Li avevo guardati mentre trasformavano questo santuario nascosto in una struttura di produzione per i Soldati dello Sciame, chiedendomi perché mai nessuno venisse a cercarci.

Com'era possibile che la Corazzata Karter non sapesse quello che stesse accadendo lì? Dovevamo fornire aggiornamenti costanti alla Coalizione, ogni due o tre giorni. E io era da oltre una settimana che mi trovavo qui in questa cella.

Sbattei lentamente le palpebre mentre le vibrazioni della piattaforma di trasporto si smorzavano. I tre Viken trasformati si bloccarono mentre li guardavo. Sollevarono le armi all'unisono per fronteggiare qualcosa che non riuscivo a vedere

Mi tiri su e usi il muro per mettermi dritto, ignorando il dolore che mi trafiggeva i muscoli delle gambe. Sapevo per esperienza che, una volta rimessomi in piedi, il dolore sarebbe svanito.

"Non abbiamo autorizzato il tuo trasporto, femmina.

Dove sono le tue guardie?" Il leader dei tre parlò in modo lento e chiaro, come se gli occorressero diversi minuti per elaborare chi era stato appena trasportato. E aveva appena detto *femmina*? Che cazzo ci faceva una femmina qui? C'erano delle guerriere, e ce n'erano molte, ma quando le catturavano le mandavano da tutt'altra parte. O così pensavo, dal momento che non avevo vista nemmeno una arrivare qui. Né ne avevo mai vista una che veniva mandata via, la sua mente ormai sparita, il suo corpo completamente integrato e pronto a combattere contro quelli che sino al giorno prima erano stati amici e alleati.

Mi avvicinai il più possibile alla barriera energetica e mi bloccai. Ascoltai. Il campo di forza avrebbe resistito a un Atlan trasformato in bestia. Lo sapevo: ne avevo visti diversi colpirlo cercando di liberarsi. Non potevo oltrepassarlo, ma potevo tenermi pronto. C'era qualcosa che non andava. C'era qualcosa di... diverso, e non era il ronzio che avevo nella testa. Qualunque cosa in grado di turbare lo Sciame a me andava bene.

Aspettai che la femmina sconosciuta rispondesse, e così fecero anche i tre membri dello Sciame che se ne stavano in piedi l'uno di fianco all'altro all'interno della stanza per il trasporto.

Invece di una risposta, il fuoco di un blaster a ioni li colpì tutti e tre in rapida successione. Li aveva uccisi? Era per caso una ricognitrice inviata dalla Corazzata Karter? La prima ondata di una squadra di estrazione? La speranza mi riempì la testa, frastornandomi.

Pochi secondi dopo, una femmina con indosso una strana armatura corse dietro i controlli del trasporto, e le sue mani si mossero così velocemente che dovetti concentrarmi per riuscire a seguirne i movimenti. La guardai e sbattei le palpebre. Era bellissima. Lunghi capelli neri raccolti in un semplice stile che non avevo mai visto. L'armatura le copriva ogni centimetro del corpo come una seconda pelle, ma era lo stemma che c'era sopra che mi sciocco.

Un viceammiraglio? Da sola?

Ma era uno scherzo?

Chi era questa femmina? E perché si trovava qui?

"Ehi! Quaggiù!" gridai tirando un sospiro di sollievo quando sollevò la testa. Si girò verso di me e rimasi senza fiato. Ogni cellula del mio corpo reagì alla femmina che mi trovavo di fronte. Il suo sguardo marrone scuro penetrò il mio come un pugno nello stomaco, e tutto quello che avevo sopportato negli ultimi giorni svanì in un nulla, privo di importanza. Le integrazioni, le torture, niente aveva più importanza. Era *lei* che importava. Avevo bisogno di sopravvivere, non per poter combattere un altro giorno, ma per *reclamarla*. Per penetrarla con il mio cazzo, farle gridare il mio nome. Non avevo mai creduto all'amore a prima vista, o ai protocolli di abbinamento. Nemmeno al marchio sul palmo della mia mano. Avevo visto altri Everian trovare la loro compagna marchiata, avevo visto l'intensa connessione che condividevano, ma non l'avevo mai immaginata per me stesso.

Il mio marchio non bruciava, non si era risvegliato. Lei non era la mia compagna marchiata. Ma non c'era da sorprendersi. Meno di uno su cento, se non di meno, riuscivano a incontrare la loro vera compagna marchiata. La maggior parte degli Everian sceglievano le loro compagne così come facevano tutti quelli degli altri pianeti: tramite l'attrazione, il rispetto.

Il desiderio. L'intangibile connessione tra due amanti.

Forse questa femmina non era la mia compagna marchiata... ma sarebbe stata mia.

Mi ero sottoposto al test per trovare una sposa molto tempo fa. Avevo aspettato e aspettato, senza che una Sposa Interstellare mi dimostrasse che avevo ragione. La femmina perfetta non esisteva. Quantomeno non per me.

Almeno fino a lei. Cazzo. *Lei.*

Mi aspettavo che corresse verso di me e mi liberasse. Invece inclinò la testa, probabilmente sentendo ciò che sentivo io – altri guerrieri dello Sciame che correvano lungo i corridoi per raggiungere la sua posizione. Era un'Everian? Un'umana? Una Viken? Di certo non un'Atlan. Da qui non potevo capirlo, dovevo avvicinarmi. Toccarla. Annusare la sua pelle. E questa cazzo di barriera di energia me lo impediva.

Si girò di nuovo verso i controlli.

"Aspetta. Stanno arrivando!" la avvertii. Chiusi gli occhi, contai i passi. "Altri tre. Pesanti." I passi erano più pesanti, il rumore riverberava mentre corpi più grossi e pesanti si muovevano verso di noi. Non erano né Prillon né Atlan che erano stati trasformati in macchine da guerra dello Sciame. Sapevo che il nemico teneva i propri guerrieri più pericolosi intorno al perimetro, ma anche i prigionieri Atlan si trovavano su questo livello, e ci voleva una bestia per lottare contro una bestia. I soldati più veloci e leggeri si trovavano sul piano superiore, oppure a guardia dei ponti di volo. Non si aspettavano di venire attaccati così in profondità. Nemmeno io.

Ed era un attacco, questo? Una femmina non richiedeva chissà che reazione. Eppure, aveva appena abbattuto tre guerrieri prima ancora che potessero reagire.

Lo Sciame aveva commesso l'errore di pensare di essere

al sicuro qui. Così come avevamo fatto noi. E se riuscivo a uscire da questa cella, gli avrei reso le cose ancora più difficili.

La femmina mi ignorò, così urlai di nuovo. "Qui! Spegni il campo di energia della mia cella! Ti posso aiutare."

A quel punto ottenni la sua attenzione. Si sporse in avanti e strappò un fucile a ioni dalle mani di uno dei soldati morti. Un Viken trasformato. Corse verso di me, si fermò e sparò al pannello di controllo di fianco alla mia cella. Il campo di energia calò all'istante e io corsi in avanti prendendole il fucile dalle mani.

"Che succede? Pensavo che fosse una base controllata dalla Coalizione."

"Lo era, almeno fino a una settimana fa. Lo Sciame è arrivato e ci ha invaso. Non abbiamo avuto nessun avvertimento. Pensavamo di essere al sicuro quaggiù."

"Ce ne sono altri? Altri prigionieri?" mi chiese. Ma non stava guardando me. Stava guardando il corridoio da cui sapevo che tra circa cinque secondi sarebbero apparsi altri soldati dello Sciame. Più grossi, questa volta. Più forti.

"Sono stati trasportati in molti. Li ho visti tutti. Quanti ne sono ancora vivi, non lo so."

Mi misi di nuovo in ascolto. Se avessi dovuto tirare a indovinare, avrei detto un Atlan e due Prillon. Merda. Non sarebbero caduti con un semplice colpo di fucile. No, sarebbero stati molto più difficili da ammazzare.

Qualcosa nel mio tono di voce catturò la sua attenzione. Il suo sguardo oscuro tornò su di me, e nei suoi occhi scorsi o la tristezza o la compassione. Non riuscivo a decidere cosa fosse, e non volevo nessuna delle due cose.

"Al riparo. Li faccio fuori io." Non avevo bisogno della sua pietà. Ora che ero libero, con un'arma in mano, il ronzio che avevo nella testa poteva andarsene a fare in culo.

"Tra pochi secondi ne arriveranno altri tre. E uno di loro è... era un Atlan."

"Lo so."

Lo sapeva? Come? Riusciva a sentirli anche lei?

Non mi stava più guardando, non più. Aveva fatto come le avevo suggerito e si era andata a riparare dietro l'angolo. Solo la sua spalla e il fucile era un bersaglio per lo Sciame.

Il suo sguardo era concentrato, la sua mira era stabile.

Che gli dèi mi aiutino, era magnifica. Come diavolo aveva fatto a captare le differenze nei pesanti passi dell'Atlan integrato? Io lo sapevo, ma io avevo i miei sensi di Cacciatore. Lei non era un Cacciatore d'Elite. Non sapevo cosa fosse, a parte bellissima – guardai i tre soldati morti sul pavimento dietro di lei – e letale. Efficiente. Spietata.

"Chi sei?" Non potei fare a meno di chiederle mentre aspettavamo il nostro nemico. Era un mistero. Un mistero totale che volevo risolvere. "E come sei arrivata qui?"

Tramite il trasporto, ovviamente. Ma come aveva ottenuto le coordinate? Come era venuta a conoscenza di questo centro di integrazione segreto dello Sciame?

Ovviamente, l'irritante femmina ignorò le mie domande.

Mi guardò, il suo sguardo tagliente. "Hai intenzione di restartene lì a fare da obiettivo, oppure mi vuoi dare una mano a tirarci fuori di qui?"

Era la parlata di una della Terra. Era umana? E se così fosse, come aveva fatto a sentire l'arrivo dei soldati integrati? O capire che uno di essi era un Atlan? Gli umani erano noti per la loro tenacia e coraggio, non per i loro sensi superiori.

"Copriti, guerriero. Ora."

Il tono della sua voce – quello di un comandante abituato a dare ordini – fu uno che non sentivo spesso provenire da una femmina, e di certo non da una femmina bella e minuta quanto lei. Non mi importava da quale pianeta provenisse. Qui, nel bel mezzo di un cazzo di centro d'integrazione, mi venne duro. Al mio cazzo non sembrava importare che il nemico ci stesse per attaccare. La voleva. Voleva lei e la sua dominazione. Oh, ebbe effetto su di me. Spinse il Cacciatore dentro di me a volerle dimostrare chi fosse a comandare. Forse non in questo preciso momento, ma quando fossi riuscito a sfilare il suo delizioso corpo da quell'uniforme, avrebbe capito che ero io.

Sorrisi. Oh, sì. Io ero il Cacciatore, e lei avrebbe scoperto presto di essere la preda.

Un ruggito echeggiò lungo il corridoio, l'Altan integrato in modalità bestiale che ci dava un avvertimento. Con gli Atlan non sapevo mai se erano completamente schiavi degli impianti dello Sciame o se continuavano a lottare. A volte ritardavano il colpo di grazie per dare modo alla squadra di estrazione o al guerriero sul campo di battaglia di abbatterli.

Una morte veloce e misericordiosa.

Mi posizionai per coprire la posizione della femmina, controllai il livello di carica dell'arma. Era completamente carica. Impostai i danni al massimo. "Io li trattengo. Sai come operare i controlli del trasporto?"

Mi guardò rivolgendomi uno sguardo irritato, le labbra sottili e serrate. "Trattienili e io ci porto via di qui. Dovremo tornare a cercare gli altri prigionieri."

"D'accordo."

Si alzò, si girò rivolgendo la schiena al muro e io continuai a coprire il corridoio. "Come ti chiami?" mi chiese.

"Quinn."

Sbatté lentamente le palpebre, come se il mio nome l'avesse sorpresa. Il suo sguardo mi esplorò il viso con intenso interesse. Con qualcosa di più del semplice istinto di combattimento. "Sei un Everian? Un Cacciatore d'Elite?"

Annuii. "Sì." Sembrava sapere molte cose sulla mia specie. Strano. La maggior parte degli alieni della Terra che avevo conosciuto sapevano a malapena che il mio pianeta esisteva.

"Bene. Allora dovresti riuscire a trattenerli."

Toccò a me irritarmi. "Ovviamente."

Sorrise, la malizia nei suoi occhi mi fece venir voglia di darle un bacio. Cazzo. Chi volevo prendere in giro, volevo sbatterla contro il muro e penetrarla fino in fondo. Ma quello avrebbe dovuto aspettare, prima dovevamo abbandonare questa roccia. Avrei zittito quella sua spavalderia. L'avrei tramutata in sussulti. Ansimanti gemiti di piacere.

Senza dire un'altra parola, corse verso il pannello di controllo e io mi girai verso il corridoio proprio nel momento in cui apparve il primo assalitore. La bestia Atlan integrata era in prima linea. I soffitti di questa base erano alti tre metri ma, lo stesso, camminava chino, come temendo di poter sbattere la testa.

Non lo avrebbe fatto, a meno che non fosse balzato in avanti per uccidere.

Sparai senza sosta fino a quando non cadde in ginocchio. Come acqua che scorre attorno a una roccia, gli altri due lo aggirarono e avanzarono. Guerrieri Prillon, o almeno era quello che erano un tempo. Non erano la mia preoccupazione principale. Due colpi a testa e caddero, contorcendosi al suolo mentre l'Altan dietro di loro si sforzava di rimettersi in piedi.

"Sbrigati," dissi. "Arriva la bestia."

"Ci sto lavorando." La femmina era china sul pannello di controllo, le sue dita volavano furiosamente. La concentrazione sul suo volto era un'altra affascinante aggiunta al suo repertorio, ma ora non avevo tempo di fissarla, come avrei voluto. Archiviai quell'immagine per dopo, quando sarei stato in grado di fare le cose con calma, magari passarle le dita sulla bocca mentre guardavo la sua espressione che mutava sotto al mio tocco.

"Noi. Uccidere.' L'Atlan era completamente in modalità bestiale e, apparentemente, lui – loro – il trio dello Sciame, avevano ricevuto ordine di uccidermi. Con ogni probabilità avrebbero ucciso anche *lei*.

"Non oggi." Sparai, senza fretta, colpendo i punti vulnerabili della sua armatura. Il collo. Le ginocchia. Il volto, quando ebbi tempo per un colpo extra.

Sentii il suo elmetto che si spaccava e mi sforzai per non emettere un grido di vittoria. Lo guardai toglierselo e gettarlo via, dimenticato.

Dèi, era enorme.

Non volevo ucciderlo. Non volevo. Un colpo alla testa lo avrebbe mandato già, ma lo conoscevo. Avevo lavorato con lui negli ultimi mesi. Prima di venire catturato. Non l'avevo più visto dopo che lo Sciame aveva invaso la base. Fino ad ora. Fino a quando era stato integrato abbastanza da essere sotto il loro controllo. Per combattere, per provare a uccidermi.

Era un bravo maschio. Onorevole. Un vero guerriero.

"Dannazione, Zan."

Cambiai le impostazioni del mio fucile, sperando che i settaggi più bassi potessero farlo svenire senza ucciderlo. I guerrieri Prillon che avevo ucciso non erano di questa base. Non erano stati integrati di recente, come questo Atlan. Le loro menti erano morte da tempo, ora erano dei semplici involucri, corpi ricoperti di integrazioni dello Sciame. Nemici. Avevo sentito dire che lo Sciame abbinava i soldati conquistati e affidabili come quei due Prillon con gli Atlan sperando di poter controllare le loro bestie.

Con i due Prillon morti, non c'era alcuna speranza di riuscirci. Zan mi stava caricando, completamente fuori di sé.

Cazzo.

Sollevai il fucile, presi la mira. Sparai un colpo stordente.

La sua testa fece uno scatto all'indietro e cadde come un tronco. Corsi in avanti e gli controllai il battito.

Respirava ancora. Bene. Lo stordimento aveva funzionato, persino su una bestia.

Feci una pausa per ascoltare e sentii la femmina che imprecava sottovoce mentre altri passi si dirigevano verso di noi. Era chiaro che anche lei potesse sentirli. Dovevano trovarsi a due corridoi di distanza, ma avevamo solo pochi minuti. Tre al massimo. E questa volta non erano solo tre soldati. Erano *molti* di più.

E l'Atlan era enorme ma doveva essere salvato. Non potevo lasciarlo qui se c'era anche una sola probabilità che potesse sopravvivere, e non importava se sarebbe finito sulla Colonia.

Afferrai l'unica cosa attorno alla quale riuscii ad avvolgere il braccio e lo trascinai per la gamba verso la stanza di trasporto. I tre tecnici che lei aveva ucciso erano sul pavimento, morti. Ignorati. La femmina sollevò lo sguardo, adocchiò l'Atlan, si accigliò.

"È un amico." Zan era un guerriero onorevole, non avevo intenzione di abbandonarlo. E nessuno di noi se ne sarebbe andato se quel bastardo blu fosse riuscito a venire quaggiù.

"Portaci via di qui prima che arrivi il Nexus. Se Zan si sveglia, non ha alcuna possibilità di farcela contro di lui."

Lei si fermò. "C'è un'unità Nexus in questa base?"

"Sì." Non sapevo come o perché sapesse cosa fosse un'unità Nexus. Era un'informazione riservata ai comandanti e agli operativi di massimo livello, ma ero troppo occupato a smuovere l'enorme corpo della bestia per poterglielo chiedere.

"Abbiamo problemi più urgenti. Trasporto in entrata. Non posso annullare il comando. È troppo tardi."

Lasciai cadere la gamba di Zan, lasciandolo stordito e disteso sul pavimento. Non c'era molto spazio per aggirare lui e i tecnici morti. Mi girai verso la piattaforma di trasporto. La carica elettrica riempì l'aria e le vibrazioni mi attraversarono i piedi. "Amici?"

"No. Non penso." Prese le armi dei tecnici morti e me ne lanciò una. Controllai i settaggi, la armai. Non faceva mai male avere due armi invece che una. "Arrivano altri guerrieri della Coalizione... altri prigionieri da integrare."

Preparò la pistola e si mise in ginocchio. Aveva un'arma in ogni mano, proprio come me. Usò il pannello di controllo come riparo. Aspetto.

"Quanti?" chiesi.

"Sette."

Cazzo. Erano tanti, se erano tutti dello Sciame. "Lo Sciame lavora a gruppi di tre. Sempre. Sono consistenti, cazzo. Non ci sarebbero due gruppi per un unico prigioniero. Saranno tre guardie con quattro prigionieri. Succede diverse volte al giorno. Lo so." Lo sapevo fin troppo bene, purtroppo.

Annuì ma non mi guardò. Mi girai di nuovo verso la piattaforma di trasporto e vidi sette figure che apparivano.

Fu facile distinguere lo Sciame dalla Coalizione. Facile mirare. Sparare. Uccidere. Le tre guardie dello Sciame, proprio come pensavo, non si aspettavano di venir sorprese da un'imboscata proprio dentro la loro struttura. I prigionieri non scappavano. Non lottavano.

Ma io sì. E così anche... lei. Ne abbatté due quasi con la stessa rapidità con cui io ne uccisi uno. Era magnifica. Cazzo. Non sapevo nemmeno come si chiamasse.

I quattro guerrieri della Coalizione si inginocchiarono e abbassarono la testa per proteggersi. Non potevano fare nient'altro. Non avevano armi. Erano legati.

Finì tutto nel giro di pochi secondi. Le guardie morte. I prigionieri sollevarono lo sguardo, si guardarono attorno, cercarono di capire cosa fosse successo.

"Ma dove cazzo ci troviamo?" chiese un Prillon, probabilmente notando che era arrivato su una piattaforma di trasporto della Coalizione.

"Latiri 4. Vi spiego dopo. Mettete l'Atlan sulla piattaforma. Andiamocene di qui," ordinò lei.

Mi stava già ignorando, si aspettava che facessi come mi era stato detto di fare mentre le sue dita svolazzavano sopra ai controlli. Dannazione, io la volevo, e volevo piegarla alla mia volontà, conquistare la sua anima e il suo corpo. Ma questo non era né il momento né il luogo per mettersi a discutere. E lei aveva ragione.

Presi una chiave elettronica dal cadavere della guardia più vicina e feci cenno ai quattro prigionieri di venire con me. Lo fecero senza esitare e io li liberai. Quello più vicino, un Prillon dall'aspetto arcigno a cui gli altri sembravano rimettersi, fece cenno agli altre di prendere l'Atlan.

"Avete i vostri ordini, mettete questo Atlan sulla piattaforma di trasporto."

La femmina dietro i controlli sollevò lo sguardo sentendo la sua voce. "Mi fa piacere rivederti, Prax. Ne è passato di tempo."

Prax, il capitano Prillon, le sorrise. Lei sorrise di rimando, un'espressione nuova e che non era diretta a me. Sbattei le palpebre cercando di non fissarla. Dèi, quanto cazzo era bella. E chi era per far sì che questo Prillon non solo la conoscesse, ma seguisse anche i suoi ordini senza protestare? Il Prillon aveva i gradi di capitano sulla sua uniforme, e io non dubitai della sua capacità di valutare la situazione. Era chiaro che i due si conoscessero, ma come?

E lei gli apparteneva? Era la sua compagna? Il Prillon aveva reclamato quella femmina?

La mia femmina. Il pensiero mi attraversò la testa mentre davo al capitano Prillon il fucile in più e aiutavo a trascinare il gigante Atlan sulla piattaforma di trasporto.

Grazie al lavoro di squadra riuscimmo a sollevarlo e metterlo in posizione. Persino cinque forti guerrieri faticarono con quella bestia. Una volta sistematolo, diedi l'arma a un altro dei guerrieri e mi posizionai a fianco della femmina. Presi anche la sua arma extra e la lanciai a un terzo guerriero e presi la piccola pistola a ioni da lì dove lei l'aveva poggiata, in cima al pannello di controllo.

I guerrieri assunsero una posizione di difesa attorno all'Atlan svenuto e io mi mossi tra la mia femmina e la porta aperta. Riuscivo a sentire lo Sciame che arrivava, sapevo che i prigionieri avrebbero combattuto fino alla morte, più che felice di sparare contro il nemico.

"Puoi portarci fuori di qui?" le chiesi. Mi sembrava che stesse dietro quei controlli da ore, muovendo quelle sue manine in modo agile e veloce.

"Sì. Ma prima devo serrare l'intera base."

Che cosa aveva appena detto?

Mi girai verso di lei. "Come?"

Non mi guardò nemmeno, parlò invece al pannello di controllo. "Iniziare il Protocollo di Isolamento. Codice di Comando..." Pronunciò velocemente alcune parole nel linguaggio di Prillon Prime e aspettò. Qualcosa emise un bip e le sue spalle si rilassarono, sollevate. "Non sono penetrati nel sistema principale. I miei codici di comando funzionano ancora."

Cos'era appena successo? Nessuno poteva isolare un'intera base. Non era concepibile. "È impossibile."

"Cacciatore, ho codici di comando di Livello Due. Nessuno entra o esce da questa base senza il mio permesso. Non più." Mi guardò e si allontanò dai pannelli di controllo per andare verso il capitano Prillon. Io mi allontanai dalla porta, avvicinandomi a lei. Non mi piaceva vederla così vicina a quel guerriero; e poi era anche giunto il momento di andarsene da quest'inferno.

Codici di comando di Livello Due?

Il Livello Uno era il Prime Nial stesso, il leader dell'intera Flotta della Coalizione, capo della Coalizione dei Pianeti. Controllava tutto. Se aveva detto la verità, solo il Prime in persona avrebbe potuto annullare l'isolamento della base.

I Comandanti delle Corazzate, come il comandante Karter, avevano codici di Livello Quattro. I miei erano di Livello Cinque.

Cazzo. Ma chi era?

"Andiamo." Il capitano Prax si mosse, impaziente. "Devo controllare il resto dei miei uomini."

Non me la sentii di dirgli che probabilmente erano già

rinchiusi dentro qualche cella nelle viscere di questa base, già mezzi trasformati. Distrutti.

La femmina saltò sulla piattaforma di trasporto e il capitano Prillon si posizionò tra lei e il corridoio in un atteggiamento difensivo che non era semplicemente quello di un guerriero che protegge una femmina indifesa. C'era troppa conoscenza nei suoi occhi. Troppo rispetto.

Chi *era* lei di preciso? Faceva parte dell'Intelligence? Non conoscevo nessun guerriero che avesse i codici di comando. A meno che lei non fosse stata vittima di un incidente e un tecnico del trasporto non l'avesse mandata per sbaglio nel posto sbagliato.

Beh, no. Era troppo intelligente, troppo veloce e astuta per qualcosa di tanto ridicolo. E se qualcosa di tanto casuale l'aveva portata da me, allora quel tecnico del trasporto era con ogni probabilità diretto verso le celle della Coalizione.

Percepii le vibrazioni, sentii il ronzio.

"Tutti pronti?" chiese lei guardandoci. I prigionieri erano arrivati da circa un minuto, ed ecco che già se ne andavano via di qui. Erano fortunati.

Cazzo, se erano fortunati. Anche l'Atlan svenuto ai loro piedi lo era.

"Cazzo, sì," dissi. Gli altri gridarono e ruggirono pieni di entusiasmo. Erano stati sconfitti, ma ora tornavano a lottare. Ce ne stavamo andando via da questo cazzo di posto.

Grazie ai miei sensi di Cacciatore, sentii i piedi che pestavano il terreno. "Arrivano," dissi.

Lei annuì. O mi credeva oppure poteva sentirli. Non era il momento di domandarsi quale delle due.

"Cinque secondi," disse.

Mi mossi velocemente e mi piazzai al suo fianco. Le feci sollevare il mento per farmi guardare. Per permetterle di prendersi uno di quei cinque secondi per concentrarsi su di me.

"Chi sei?" le chiesi. I peli del mio corpo si rizzarono sull'attenti. Il trasporto era imminente.

Tre secondi.

Due secondi. Lo Sciame entrò nella stanza. Con la coda dell'occhio, vidi i loro fucili spianati. Gli altri guerrieri fecero fuoco, ma io li ignorai. Riuscivo a vedere solo lei. La femmina che mi aveva salvato la vita. La vita di sei guerrieri.

"Sono la tua compagna."

Un secondo.

E non c'eravamo più. Via dall'inferno dello Sciame, verso la salvezza. Insieme alla mia...

Compagna.

4

Niobe, Corazzata Karter, Settore 437

NON AVEVO intenzione di spiattellarglielo in faccia a quel modo.

Sono la tua compagna.

Non esattamente uno dei miei momenti migliori. Non gli avevo detto nemmeno come mi chiamassi.

Eppure, c'era da considerare il fatto che mi avevano trasportata nel bel mezzo della base d'integrazione dello Sciame – una Base di Integrazione sconosciuta che avrebbe dovuto essere una delle nostre – ed ero stata costretta a lottare per salvare la mia e la sua vita non appena avevo avuto modo di sbattere le palpebre. Per fortuna che non viaggiavo mai disarmata. Per fortuna che anche lavorando all'Accademia i miei riflessi e i miei istinti non si erano arrugginiti. Il mio comandante all'Intelligente si sarebbe messo a ridere al solo pensiero.

Alla fine, tutti gli anni passati a lavorare con le squadre di estrazione erano serviti a qualcosa. Il vecchio addestramento era riaffiorato all'istante, come se non se ne fosse mai andato, per non parlare di aver passato gli ultimi anni seduta dietro a una scrivania, o ad addestrare i nuovi cadetti della Coalizione.

Non rimasi sorpresa nel vedere l'espressione scioccata dell'ufficiale di trasporto sulla nave del comandante Karter quando sette guerrieri erano apparsi senza previa approvazione. Avevo inserito un protocollo di override che ci aveva inviati verso la corazzata più vicina, il luogo più lontano dallo Sciame dove potessi trasportarci in così poco tempo.

Avrei potuto inviarci ovunque. All'Accademia. Su Everis. Su Prillon Prime. Ma nessuno di quei posti aveva senso, considerando dove ci trovavamo. Quello che sapevamo.

La Karter era la scelta perfetta. Non solo si trovava nello stesso settore della base nascosta dello Sciame, ma era l'unica corazzata abbastanza vicina da poter lanciare un attacco allo Sciame. Stavano usando la *nostra* base per torturare e uccidere i *nostri* guerrieri, proprio sotto ai nostri nasi, e prima ci occupavamo del problema, più guerrieri saremmo stati in grado di salvare.

Il fatto che la Coalizione non sapesse che la base fosse stata invasa dal nemico mi mandava su tutte le furie. Conoscevo il comandante Karter, il comandante Prillon duro come una roccia. Avevo lavorato con lui e la comandante Chloe Phan in molte missioni dell'Intelligence. Ero sicura che il comandante Karter avrebbe agito in fretta, senza mostrare nessuna pietà.

Avevo chiuso la base segreta e intrappolato i membri dello Sciame come ratti in un barile. I codici di trasporto avrebbero impedito qualsiasi movimento in entrata o in uscita, a meno che non autorizzavo io personalmente il trasporto – o a meno che il Prime Nial in persona non avesse deciso di annullare i miei codici. No. Niente sarebbe entrato o uscito da quella base: dovevamo radunare abbastanza guerrieri per andare lì e fare piazza pulita, salvare i nostri e occuparci di questo casino.

Quinn non sapeva quanti altri ce ne fossero ancora laggiù, vivi e intrappolati dallo Sciame. E come avrebbe potuto, quando era stato in una cella dietro una barriera d'energia e i soldati dello Sciame erano un mucchio di stronzi spietati? Dovevamo tornare laggiù. Non avrei rischiato la vita di nessun soldato. E nemmeno lui, considerato quello che lo Sciame gli aveva fatto passare. Chi sapeva che integrazioni aveva, o a quali torture era sopravvissuto.

Il guerriero dietro il pannello di controllo ci guardò, la bocca aperta per un istante, e poi si riprese. Le vibrazioni cessarono, i miei capelli smisero di sfrigolare. "Chi siete?" chiese. Stupefatto. Di certo confuso. "Non siete sulla mia lista di trasporto." Guardò il capitano Prillon dietro di me, un cadetto che avevo addestrato anni prima. Un bravo guerriero, un maschio onorevole. "Capitano Prax? Sei tu? Sei stato dato per disperso su Latiri 7. Come ci sei finito qui?"

Prax ringhiò e l'Atlan ai nostri piedi cominciò a muoversi. Prax lo teneva sotto tiro. Il guerriero aveva riassunto la sua forma normale, ma pesava sempre circa centotrenta chili ed era alto almeno due metri. La bestia ora se n'era andata. Non sapevamo fino a che punto si estendessero le integrazioni. Diamine, non sapevamo nemmeno se avremmo potuto salvarlo.

Scesi dalla piattaforma. "Sono il viceammiraglio Niobe. Devo vedere immediatamente il comandante Karter e la comandante Phan."

La mano dell'umo si mosse velocemente per verificare la mia identità, come da protocollo. Aspetti impazientemente, tamburellando lo stivale sul pavimento della stanza di trasporto mentre lo schermo dietro di lui rispecchiava ciò che lui vedeva sul pannello di controllo. Apparve un'immagine del mio volto, assieme al mio stato di servizio e un grosso emblema nell'angolo in alto a confermare che ero un viceammiraglio – non che, guardando la mia uniforme, potesse non vedere i ranghi – e il mio status di membro dell'Intelligente. Il maschio mi guardò, poi abbassò lo sguardo, poi lo rialzò. "Subito, viceammiraglio. Informerò il comandante del suo arrivo."

"Bene." Annuii provando a ignorare il Cacciatore dietro di me, il mio compagno, che mi stava venendo vicino. Troppo vicino, come un maschio alfa. E uno molto protettivo, per giunta. Mi allontanai di qualche passo, avevo bisogno di avere il controllo. Inalai il suo profumo, percepii il calore emanato dal suo corpo, l'espressione nel suo sguardo... mi distraeva. E mi faceva inturgidire i capezzoli.

"Allerta i medici." Girai la testa verso la piattaforma. "Ho un Atlan integrato qui, e quattro prigionieri salvati da una struttura di integrazione dello Sciame. Erano appena arrivati, niente integrazioni per quanto mi è dato di vedere, ma necessitano di un esame medico completo. Non si sa mai."

Il tecnico annuì. "Sì, viceammiraglio."

Si alzò, ci guardò tutti per qualche altro secondo, osservò i prigionieri stremati dalla battaglia, il Cacciatore Everian, l'Atlan svenuto ricoperto di tecnologia dello Sciame, e me.

Sollevai le sopracciglia. Non avevo tempo per queste sciocchezze. "Ora."

Fece un salto come se l'avesse punto un'ape e pochi secondi dopo una squadra medica vestita di verde irruppe nella stanza di trasporto. Iniettarono all'Atlan quello che supponevo essere un forte sedativo e condussero gli altri fuori dalla stanza, verso la stazione medica. Il capitano Prax annuì, o per ringraziarmi o per dirmi addio o chissà per cos'altro. Ero solo contenta che fosse salvo. Integro.

Sollevai una mano e feci cenno a uno dei dottori di restare. Lui annuì leggermente e aspettò i miei ordini. C'era un testardo Everian che conoscevo che aveva bisogno di essere curato. Sapevo anche che non lo avrebbe permesso, non prima di aver parlato con me, quantomeno. Dirgli che ero la sua compagna e poi arrivare su una corazzata? Eh già, probabilmente non era così che si faceva di solito.

Mi girai. Sapevo che Quinn non era andato con gli altri. Lo sentivo che mi guardava, che mi divorava con lo sguardo. Intenso. Sensuale. Bisognoso.

"Per quanto tempo sei rimasto prigioniero?" gli chiesi. Non volevo saperlo, eppure lo volevo. Il mio cuore, che fino a poco tempo fa ignorava del tutto la sua esistenza, ora doleva per lui. Mentre io me ne stavo sulla Colonia insieme a Kira e ad Angh e a tutti gli altri, lui veniva torturato.

"Ho perso il conto dei giorni. Una settimana. Forse di più."

Potevo solo immaginarmelo. La base si trovava sottoterra. Niente finestre. Niente luce. Niente spazio da usare per non perdere la bussola. Mi si avvicinò, sollevò la mano, mi accarezzò la guancia con la punta delle dita. Per essere un Cacciatore – e sapevo che era un'Elite – il suo tocco era gentile, il movimento lento.

"È vero quello che hai detto? Sei mia?" chiese con voce soffice.

"Sì." Non c'era motivo di negare l'abbinamento. "E tu sei mio." Era fin dall'inizio che volevo dirlo. Io non ero una femmina docile e remissiva. Tanto davo, tanto esigevo. Forse persino di più.

"Per gli dèi." Si sporse in avanti, si strusciò contro il mio collo e io feci cenno al dottore di avvicinarsi. "Come ti chiami?"

"Niobe."

Ripeté il mio nome, inalò il mio odore. Le sue mani si poggiarono sui miei fianchi e io barcollai, l'adrenalina della battaglia e la sua vicinanza si unirono per sopraffarmi per qualche secondo. Ma non di più. Lo avevano torturato. Integrato. Era ferito. Smagrito. Le borse che aveva sotto agli occhi parlavano di lunghi giorni passati senza dormire. Le linee attorno alla bocca riflettevano il suo dolore. E potevo solo immaginare le difficoltà mentali che aveva dovuto fronteggiare. "Devi farti curare, Quinn."

"Sto bene. Starò bene. Io ho bisogno di te, non di un dottore."

Mi misi a ridere, non ne potei fare a meno, un suono che sorprese persino me. Era esuberante, il mio compagno. "Temevo lo dicessi."

A quel punto catturai la sua attenzione. Sollevò il capo e mi guardò negli occhi. "Niobe."

"Quinn."

"Voglio baciarti."

Dio, sì. *Baciami*. Feci un cenno al dottore dietro di lui. "Va bene. E poi andrai a farti curare."

"Poi ti farò mia," ringhiò lui.

Prima che potessi rispondere, le sue labbra si schiantarono sulle mie, rubandomi il respiro, la sanità mentale. Il suo tocco mi faceva ardere, e dovetti usare ogni grammo della mia disciplina per sollevare una mano e fare cenno al dottore di avvicinarsi per fargli un'iniezione che lo avrebbe messo a dormire.

Mi accorsi dell'esatto istante in cui avvenne. Quinn si fece inerme, ma le nostre labbra continuarono a toccarsi. Quando gli cedettero le ginocchia, aprì gli occhi e mi guardò. Si mise una mano sul collo, lì dove gli era stata fatta la puntura. "Ti sculaccerò per questo."

Risi di nuovo. Santo cielo, era affascinante. E anche sexy da morire. Nessuno mi aveva mai sculacciata – nemmeno da bambina per punirmi, o da adulta per giocare. Mai. Ma pensare a Quinn che lo faceva? Le mie mutandine erano da buttare.

Prima però aveva bisogno di un controllo medico completo, di un po' di tempo nella capsula ReGen. Doveva rimettersi in sesto, e se era come tutti gli altri maschi dell'universo quando scoprivano di avere una compagna, non si sarebbe fatto distrarre. Era mio, e mi sarei presa cura di lui, volente o nolente. Non mi importava se poi mi avrebbe sculacciata.

Sorrisi, il dottore lo afferrò da dietro e l'ufficiale di trasporto ci venne incontro per aiutarci a trasportare il mio compagno verso la stazione medica. Mi sorrideva, sveglio ma sedato, il suo corpo che collassava ancor prima della sua mente. Mi fissò, e quei suoi occhi color ambra trattenevano un'oscura promessa.

Non potei farne a meno, non riuscii a impedire alla parte più birichina del mio essere di stuzzicarlo.

"Promesse, compagno. Promesse."

Continuò a sorridere mentre lo trascinavano via. Io stavo sogghignando come un'idiota, ripensando a tutta la scena, quando il comandante Karter entrò nella stanza.

"Viceammiraglio," tuonò la sua voce. "Ma che cosa cazzo succede? E come sei arrivata sulla mia corazzata?"

Due ore dopo

Quinn – Unità Medica

Capii dove mi trovassi ancor prima di aprire gli occhi. Avevo fin troppa familiarità con l'odore dell'interno di una capsula ReGen. Mi riempiva la testa con dozzine di ricordi che non avevo alcun desiderio di rivivere. Eppure, era sempre meglio di quella prigione sotterranea in cui ero stato intrappolato. Ero nudo, ma il puzzo del Nexus e dei suoi tormenti era svanito. Non avevo dubbi che il dottore avesse esaminato ogni molecola del mio corpo alla ricerca della tecnologia dello Sciame, cercando di stabilire quanto potessi essere pericoloso per il resto dell'equipaggio.

E io ero diverso. Il ronzio nella mia mente era svanito, ma il mio corpo era iper-conscio, ogni punto di pressione sul letto curativo era acutamente presente nei miei sensi. Il profumo della soluzione detergente utilizzata sulle navi della Coalizione. Il fascino femminile della mia compagna qui vicino da qualche parte.

Non era di certo la prima volta che mi risvegliavo all'interno di una capsula ReGen, ma questa volta era unica. Questa volta *lei* era qui. La percepivo, sentivo il battito del suo cuore, la sua voce mentre lei e il comandante Karter discutevano animatamente dall'altro lato della capsula.

Il fatto che fosse rimasta al mio fianco mi fece accelerare il battito. La mia compagna non era una femmina come tutte le altre. Era un viceammiraglio della Flotta della Coalizione, il suo grado era di gran lunga superiore al mio. A giudicare da come si muoveva e come parlava, mi ero fatto l'idea che fosse umana, della Terra... eppure non mi sembrava del tutto corretto.

Il suo profumo mi faceva pensare a casa, a Everis, e mi chiesi se per caso non venisse dal mio pianeta. Forse aveva passato del tempo a cacciare sulla Terra e aveva assunto i loro modi di fare, la loro lingua. I Cacciatori Everian erano dei maestri del mimetismo, abilissimi nell'imitare gli accenti, i vezzi, la moltitudine di dettagli indescrivibili che demarcavano qualcuno come un *altro*.

Se era un'Everian, e non un'umana, allora quale Cacciatore d'Elite l'aveva generata? Suo padre era una leggenda sul mio pianeta, o uno sconosciuto?

Non che mi importasse del suo passato. Non poteva fregarmene di meno di dove fosse stata in passato: mi bastava che ora fosse qui con me. Ma io ero un predatore con una curiosità insaziabile, una curiosità che lei destava come mai niente era riuscito a fare prima d'ora. Volevo sapere tutto su di lei. Ogni. Singolo. Dettaglio. Da quando era nata fino a questo istante.

Lei era mia.

Il coperchio trasparente si sollevò automaticamente e la mia compagna e il comandante Karter si avvicinarono. Mi misi a sedere, mi passai una mano sul viso.

"Come ti senti?" mi chiese il comandante.

Lo sguardo della mia compagna vagò sul mio corpo. Su ogni nudo centimetro. E, ovviamente, mi venne duro.

"Portate un lenzuolo a quest'uomo," gridò il comandante agitando il braccio. Aveva visto che il mio cazzo era ancora sano e probabilmente non era entusiasmato dall'idea di conversare per me mentre ce lo avevo in bella vista.

Non potevo farci niente. La mia compagna era davanti a me. Non reclamata.

Il dottore si avvicinò e mi diede un lenzuolo bianco. Me lo misi sul grembo.

"Come vedete, sto bene." Guardai il dottore. "Che mi dici delle integrazioni?"

Guardò il tablet che aveva in mano. "I dati dimostrano una moltitudine di integrazioni microscopiche. Siamo a conoscenza di un unico altro guerriero con questo tipo di integrazioni, un maschio Prillon che si trova sulla Colonia. Il suo nome è Tyran. Ho rivisto il suo file, e il tipo di impianti che avete ricevuto non sembra avere effetto sulla mente se il livello di saturazione completa non viene raggiunto. La tua saturazione cellulare è dell'85%."

Cazzo. Ancora una o due iniezioni da quello stronzo blu e mi avrebbe posseduto.

Il dottore stava continuando a parlare. "Le integrazioni renderanno i tuoi muscoli molto più forti e resilienti di prima. E così anche le tue ossa. Credo che il Prillon, Tyran, si stato sottoposto a dei test e sia risultato più forte degli Atlan integrati della Base 3. Fino a quando non riceverai trattamenti integrativi aggiuntivi, starai bene. Sarai più forte. Più veloce. Ma starai bene. Questo per quanto riguarda la tua salute in generale. Eri malnutrito, disidratato e non avevi dormito abbastanza, ma la capsula ReGen ha fatto il proprio dovere."

"Grazie." Diceva il vero. Il mio corpo era pieno di vitalità. Vita.

Bisogno.

Guardai la mia compagna, per niente cambiata da quando l'avevo vista l'ultima volta. Ma ora non stavamo più lottando contro lo Sciame cercando di salvarci la vita. Eravamo al sicuro a bordo della corazzata. Io ero stato curato. Ora c'era solo un comandante che mi impediva di farla mia.

Quello e una doccia.

"Devo farmi il bagno. Comandante, se permetti..."

"Non ancora. Per quanti giorni lo Sciame ha controllato la nostra base?" Lo sguardo del comandante era cupo, accanito. Riconoscevo la furia quando la vedevo, e il comandante Prillon vibrava di rabbia, ogni muscolo teso e tremante in preda a un bisogno di attaccare che riusciva a contenere a malapena.

"Almeno una settimana. Ho contato otto giorni dentro la mia cella, ma forse erano di più, forse di meno. Non c'era nessun orologio, la luce non cambiava mai. Ho tirato a indovinare in base ai cambi di guardia."

Si mise a camminare di fronte a me, bloccandomi ogni tot passi la visuale di Niobe, ma lei ormai non era più concentrata su di me. Il suo cipiglio era severo quasi quanto quello del comandante. "Comandante Karter, come è possibile che lo Sciame sia riuscito a catturare una base della Coalizione più di una settimana fa senza voi aveste idea dell'accaduto?"

Il comandante ringhiò e si girò verso di lei, ma il suo tono di voce era rispettoso, per quanto pieno di rabbia. "Viceammiraglio, noi riceviamo relazioni a intervalli regolari dalla base. Avevano i codici di accesso corretti e hanno trasmesso le informazioni che ci aspettavamo. Non potevamo saperlo. Hanno imitato le nostre procedure alla perfezione."

Lo sguardo di Niobe si posò su di me, e il calore tornò, per quanto temperato dalle circostanze. "Devo dedurre che la stessa cosa forse sta succedendo in altre basi della Coalizione e che non abbiamo nessuna indicazione che ci sia qualcosa che non va?"

Il comandante fece un passo indietro. Annuì. "Sì."

La mia bellissima compagna imprecò e si allontanò, dirigendosi verso la porta in cerca forse di una privacy illusoria. "Devo fare rapporto. Doveva essere stata la presenza dell'unità Nexus."

Il comandante Karter si bloccò. "Come hai detto?" Si girò verso di me. "C'è un Nexus intrappolato in quella base?"

"Sì." Quando confermai la notizia, la tensione del comandante Karter si tramutò in qualcosa di freddo e misurato. Calcolatore. "Vai a lavarti, Quinn. Passa del tempo con la tua compagna. Avete due ore, non un secondo di più. Mi hai capito? Se tardate anche solo di un minuto al raduno sul ponte di comando, viceammiraglio o no, verrò a sbattere il mio pugno sulla vostra porta."

Quel pensiero mi fece ridacchiare, ma poi guardai il volto di un guerriero Prillon seriamente infuriato. Era pronto a fare a pezzi tutti, a lacerare e distruggere e uccidere. Tic-toc. Se non avesse avuto bisogno di tempo per mettere insieme le squadre di assalto, probabilmente si sarebbe immediatamente diretto verso la stanza di trasporto in formazione d'attacco. "Capisco. Ci sono anche i miei uomini laggiù. Ha già ucciso tutta la mia unità di Cacciatori. Nessuno lo vuole più morto di me."

Il comandante Karter inclinò il capo, come per ascoltare

quello che diceva Niobe a qualcuno. Aveva detto che doveva fare una chiamata. Fare rapporto. Ma a chi?

Il dottore mi disse: "C'è una doccia qui."

Uscii dalla capsula, mi misi dritto davanti alla mia compagna, con solo la mia mano a tenere su il lenzuolo che mi copriva il cazzo eretto. Chiuse la chiamata. Non sapevo con chi avesse parlato né mi importava. Le scostai i capelli dal viso e osservai ogni singolo centimetro del suo volto. Occhi scuri. Lentiggini sul naso all'insù. Labbra piene, ma severe. Sembrava tesa. Preoccupata. Oh, tutto ciò sarebbe cambiato non appena l'avrei scopata. "Presto, compagna."

"Cacciatore d'Elite, porta il culo nella doccia," mi ordinò il comandante Karter. "E copriti mentre ci vai."

Dopo così tanti giorni passati a soffrire, questo inaspettato colpo di scena era simile a una rinascita. Ero sopravvissuto. Avevo una bellissima compagna, e tra poche ore avrei ottenuto la mia vendetta. Il calore che sentivo quando guardavo Niobe era una scintilla di gioia di cui avevo un bisogno disperato. Le feci l'occhiolino, poi mi diressi verso la doccia, ignorando il comandante. Riuscivo a sentire la mia compagna che respirava pesantemente, captavo l'odore della sua eccitazione.

"Dottore, dica a un tecnico di produrre un'uniforme per questo soldato. Subito."

Entrai sotto il getto d'acqua calda e sospirai. Risi. Cazzo, era bello essere liberi. Sapere che la mia compagna mi stava aspettando.

Cinque minuti dopo, indossavo un'uniforme completa da Guerriero d'Elite, un'uniforme appena generata che non aveva più l'odore della miseria. Karter era sempre lì al suo posto, le braccia conserte sopra al petto. Lo vidi con la coda dell'occhio, non stavo guardando lui. Stavo guardando la mia compagna. *Niobe.*

"Due ore," disse Karter.

Non girai lo sguardo verso di lui. Niobe non era una femmina minuta. Aveva lunghe gambe, e un corpo pieno e florido. Tonico e muscoloso, persino sotto l'armatura dell'uniforme. Volevo sfilarle ogni strato di vestiti e imparare a conoscerla, centimetro dopo centimetro.

"Cacciatore d'Elite," disse il comandante.

"Sì?" chiesi osservando i seni pieni di Niobe, il modo in cui si sollevavano e si abbassavano a ogni suo respiro. *Era* eccitata. Riuscivo a odorarlo. Le sue guance si fecero rosse, e quello fu l'unico segno esteriore che mi rivelò che era qualcosa di più del viceammiraglio che tutti vedevano. Il rosa delle sue guance mi fece capire che era in trappola. Desiderava me tanto quanto io desideravo lei.

"Cacciatore d'Elite," ripeté Karter.

"Sì?" chiesi di nuovo.

"Sono qui." Sospirò. "Se il viceammiraglio non mi avesse detto che siete stati appena abbinati, ti sbatterei in prigione per insubordinazione."

"Grazie."

"Non voglio il tuo apprezzamento; voglio la tua attenzione."

Incrociai lo sguardo oscuro di Niobe. Lo sostenni. Ipnotizzato. "Comandante, con tutto il dovuto rispetto, ora non posso darti la mia attenzione."

Sospirò di nuovo. "Sì, lo vedo. Hai due ore di riposo, poi mi aspetto di vedervi entrambi sul ponte di comando."

"Per quanto tempo Zan dovrà rimanere nella capsula ReGen?" chiesi. Lui era stato dappertutto all'interno della base, mentre io avevo visto solo la mia cella e la stanza di trasporto. Sapeva meglio di me quello che succedeva là sotto. Meglio di chiunque altro ancora in vita.

"Zan?"

"L'Atlan che abbiamo portato con noi."

"Altre sei ore," ci disse il dottore.

"Allora ho sei ore con la mia compagna. Zan è stato integrato completamente. Io ero rinchiuso in una cella, ma lui è stato dappertutto. Saprà quante guardie ci sono, dove si trovano, quanti prigionieri rimangono. Abbiamo bisogno di lui. Ci servono le informazioni su quella base. Prima Zan guarisce. Poi ci riuniamo e torniamo laggiù. Salviamo tutti quelli che restano."

Niobe si acciglió. No, nemmeno a lei piaceva che i nostri commilitoni si trovassero in un inferno del genere.

"Va bene. Sei ore," ripeté Karter. "Mentre voi... avrete modo di conoscervi, io chiamerò una squadra ReCon ed esaminerò i piani che abbiamo della base, preparerò le squadre di assalto."

Quando nessuno di noi due si girò verso di lui, il comandante borbottò tra sé e sé, dicendo qualcosa a proposito delle compagne e della follia.

"Sei ore, viceammiraglio." Ora stava parlando con la mia compagna, forse sperando di poter ottenere un po' più di attenzione. Non sarebbe successo. "Mi ricordo di quando ero al vostro posto. Erica mi ucciderebbe se non vi concedessi un po' di tempo."

Ma ce lo aveva concesso solo per permettere a Zan di rimettersi. Lo capivo. In qualsiasi altra situazione, la reclamazione avrebbe dovuto attendere la fine della missione di salvataggio, ma gli dèi erano gentili quest'oggi... e così l'avrei assaporata.

Avevamo sei ore. Sei. Ore.

Il comandante se ne andò. Ci ritrovammo da soli nella stanza ReGen – a parte Zan, che stava guarendo in una delle capsule – ma se anche avessimo avuto un intero battaglione dietro di noi, non mi sarebbe importato nemmeno.

Avevo Niobe di fronte a me. Non potevo far niente mentre il comandante approntava le squadre. Potevo solo scopare e imparare a conoscere la femmina del mio cuore. Era giunto il tempo di *possederla*.

5

N iobe

"Ti aspettavo," disse Quinn. Un'ammissione rivelatoria, che metteva a nudo la parte più nascosta di un Cacciatore d'Elite. Qualcosa che ero certa lui non avesse mai fatto prima d'ora. Solo con...

Una compagna.

Ci conoscevamo a malapena. Ci eravamo incontrati solo qualche ora prima. Oggi me ne erano successe di cose. Ero stata sulla Colonia e mi ero sottoposta al test, avevo battibeccato con Kira e Rachel. Poi ero stata trasportata in un centro integrazione dello Sciame e avevo salvato non solo il mio compagno, ma anche degli altri guerrieri. Un altro trasporto ci aveva fatti finire sulla Karter, dove avevo guardato il mio compagno dentro una capsula ReGen e avevo discusso con il comandante Karter su come attaccare la base da cui ero appena scappata.

Avrei dovuto sentirmi esausta dopo la battaglia, il doppio trasporto, il calo di adrenalina, l'aver incontro un *compagno*... ma non era così. Anzi, tutt'altro. Mi sentivo viva e rinvigorita come non mi era mai capitato prima d'ora. Erano gli occhi color ambra di questo maschio che continuavano a penetrarmi nell'anima? Era il modo in cui i suoi muscoli si muovevano e si contraevano sotto le linee della sua uniforme nuova di zecca? Era la connessione, il filo invisibile che ci legava, non importava quanto dovessi oppormi all'istinto di reciderlo e darmela a gambe?

Non stavo denudando la mia anima dinanzi a lui. Non lo facevo con chi conoscevo da anni, figuriamoci con un uomo che conoscevo solo da poche ore. Non importava che fossi stata abbinata a lui, che avrei dovuto condividere di tutto con lui. Il mio corpo, il mio cuore, la mia anima. Non lo conoscevo. Non ancora. Ma volevo conoscerlo. Desideravo una connessione più profonda, desideravo avere qualcuno che fosse mio.

"Io ti ho aspettato. Eri tu quello dentro una capsula ReGen, svenuto."

"Prima di allora, compagna. È da molto più tempo che ti aspetto," rispose lui. Non furono le parole che mi balzarono stupidamente fuori dalla bocca, fu lo sguardo nei suoi occhi. Possessivo. Famelico. Impaziente. Uno sguardo che mi faceva formicolare le gambe e inturgidire i capezzoli. Quello sguardo nei suoi occhi era una sfida, e l'Everian dentro di me era pronta ad affrontarla. A correre. Così come era successo durante il mio sogno, volevo costringerlo a dimostrarsi meritevole. Veloce. Abbastanza forte da potermi catturare.

Da potermi conquistare.

Merda. Da dove era venuto fuori *quel* pensiero?

"Non potevi sapere che sarei arrivata in quella prigione."
Pronunciai quelle parole come fossero veleno. Quel posto...
Dio, era orribile. Non volevo pensare a cosa sarebbe
successo a lui o agli altri se non fossi arrivata io. In quel
preciso istante. Quanto a lungo sarebbe sopravvissuto se
non mi fossi sottoposta al test del Programma Spose Interstellari?

"Non mi riferivo al tuo opportuno arrivo, e lo sai,"
rispose lui. Era così calmo, così... composto. Inalai il suo
profumo pulito. Riuscivo a coglierlo persino al di sottò del
forte sapone dell'unità medica.

I Cacciatori risolvevano i problemi con un atteggiamento di calma e confidenza. Non si trasformavano come gli
Atlan, né avevano un secondo come i Prillon. Eravamo indipendenti. Tranquilli. Letali.

Con Quinn, ero ben lungi dall'essere tranquilla. Mi
sentivo... spossata ora che lui era guarito. Stanca. Fuori fase.
A disagio. Ero al di fuori del mio habitat. No, non si trattava
di quello.

Sei ore. Avevamo sei ore per divertirci. Fare l'amore.
Conoscerci l'un l'altra.

E anche se il mio corpo stava gridando "sì-sì-sì!", alla mia
mente non piaceva cedere il controllo. E sentii il senso di
colpa che si insinuava dentro di me, il senso di colpa per
essere viva e integra e piena di desiderio per il mio
compagno mentre in quella base c'erano ancora chissà
quanti guerrieri che stavano soffrendo. Che aspettavano.
Me.

Noi.

Sembrava che Quinn riuscisse a spostare la propria
attenzione più facilmente di me. Il mio compagno mi stava
guardando come se fossi la sua cena. E *allora* sì che il mio

corpo reagì. Andò nel panico. Non avevo alcun controllo. Una missione? Sì. Un compagno? Diamine, no. Ero avida, stavo cercando di aggrapparmi agli ultimi brandelli di calma che riuscivo a trovare, e ciò mi stava scombussolando il cervello.

"Compagna, non devi temere il tuo bisogno, è un bisogno che condividiamo." La sua voce profonda era calma, quasi confortante.

"Noi non condividiamo niente." Sollevai la mano per fargli vedere il palmo, il marchio che c'era. "Non siamo compagni marchiati. Siamo stati semplicemente abbinati."

Pronunciai quelle parole senza crederci. Condividevamo un bel po' di cose, solo che io non le comprendevo, e ciò mi faceva paura.

Sollevò le sue grosse, muscolose spalle e i miei capezzoli si inturgidirono. Traditori. Incrociai le braccia sul petto.

L'angolo della sua bocca si sollevò. Inalò a fondo allargando le narici. "Tu sei mia. Lo sai tu. Lo so io. *Tutti* su questa nave lo sanno. Perché resisti?"

Stavo resistendo? Oh, certo, non mi serviva un maschio a comandarmi. La mia fica era in disaccordo con me al riguardo, ma qui ero io che comandavo... quantomeno il mio corpo.

Solo che avevo i capezzoli turgidi e mi ero bagnata. E lui lo sapeva. Riusciva a sentirne l'odore. Quella sua voce ruvida e roboante non mi era d'aiuto nella lotta contro la mia libido.

"Non posso darti quello che vuoi," gli dissi. Non dovevo mettere a nudo la mia anima, ma avevo i miei motivi. Tutto ciò era un errore. Doveva esserlo. Io non volevo figli, non volevo rinunciare alla mia vita, alla mia libertà, alla mia carriera. Facevo la differenza in questa guerra. Addestravo i cadetti, mi assicuravo che fossero pronti a combattere contro lo Sciame. Cercavo di salvare vite, e il mio lavoro era importante per me, troppo importante. Non avrei mai dovuto cedere a quel momento di debolezza, di solitudine. Il Cacciatore d'Elite Quinn di Everis probabilmente voleva una mogliettina remissiva e dieci pargoletti che giocano ad acchiapparello in giro per la casa e gridano come matti.

Una vita che non faceva per me. Io non ero fatta per stare insieme a qualcuno. Merda. Avevo combinato un casino. "Non mi sarei mai dovuta sottoporre al test."

Il suo sguardo pallido si soffermò un altro po' su di me, squadrandomi dalla punta della testa agli stivali che avevo ai piedi. Con calma, come se avesse a disposizione tutto il tempo del mondo. Come se avesse tutto il diritto di farlo.

"Non sono d'accordo. Sei perfetta e non vedo l'ora di affondare il mio cazzo nel tuo corpo, di farti venire. Di farti mia."

Oh, cazzo Forse ero appena venuta, giusto un po'. "Non mi conosci."

"È vero, compagna, ma imparerò a farlo." Le sue parole non erano una minaccia, erano un giuramento, una promessa. Lui era un Cacciatore e io cominciavo a capire cosa significasse avere la completa attenzione di un maschio d'Elite di Everis. Non si sarebbe mai fermato. Non si sarebbe mai arreso.

I pensieri mi turbinarono nella testa come un tornado. Tutto ciò poteva essere reale, giusto? Era veramente mio?

No. Impossibile. Non mi conosceva nemmeno, non ancora. Avevo trenta giorni per rifiutare l'abbinamento e tornarmene alla mia vecchia, prevedibile, responsabile vita. Trenta giorni per lui per decidere che voleva quindici figli e qualcuno di dieci anni più giovane di me.

Vabbè. Che stronzata. Una stronzata mentale, emotiva, fisica. Non avrei mai dovuto permettere a Kira di farmi invischiare in questa situazione. Avrei dovuto dirle di no, andarmene a casa e aprire una bottiglia di vino Atlan. Un vibratore non voleva figli, né mi chiedeva di sottomettermi. Non mi chiedeva quali fossero i miei segreti. Non esigeva la verità. La fiducia.

Ma che cosa mi aveva detto la testa?

Mi girai e mi diressi verso la porta. Si aprì in silenzio e uscii. Uscii dall'unità medica, senza fermarmi.

Lui non mi seguì. Al di sopra dei rumori della corazzata, dalle basse vibrazioni dei motori ai piatti che tintinnavano nella mensa al piano di sotto, riuscivo a sentire Quinn. Il suo respiro, il lento battito del suo cuore. Non si era mosso.

In fondo al corridoio, spinsi il pulsante dell'ascensore senza sapere dove stessi andando. Avevo solo bisogno di andarmene, di ritrovare il controllo. Più vicina mi trovavo a lui, meno ne avevo. Che fosse dannato!

"Puoi scappare, compagna, ma io ti *prenderò*."

Gli occhi mi si chiusero nel sentire il suono della sua voce, il mio corpo tornò dolorosamente e rapidamente in vita con il bisogno di *scappare*. Si trovava ancora nella stanza delle capsule ReGen. La sua voce era poco più che un sussurro, non aveva bisogno di parlare ad alta voce affinché io lo sentissi. Pensai a lui che mi catturava e mi scappò un gemito. Avevo fatto l'unica cosa che mi avrebbe garantito che questa storia non era finita. Anzi, era solo all'inizio. Avevo lanciato al maschio dentro di lui una sfida alla quale lui non avrebbe detto di no.

Ero scappata. Lui era un Cacciatore che faceva la corte alla propria femmina, e io gli avevo lanciato la sfida definitiva. Ero scappata, lo avevo sfidato a prendermi... no, avevo preteso che mi catturasse, che si dimostrasse meritevole ai miei occhi.

E lo avrebbe fatto.

Premetti le cosce l'una contro l'altra e mi resi conto che il mio istinto di scappare era l'istinto di una femmina Everian di sfidare un potenziale compagno, di richiedergli di dimostrarsi meritevole. Costringerlo a dominarla nella caccia.

Era una specie di danza di corteggiamento. Avevo richiamato la bestia che c'era dentro di lui. Io ero la sua compagna. Ero qui. E stavo scappando. E lui mi avrebbe trovata e mi avrebbe reclamata e mi avrebbe fatta sua.

Quando ero arrivata sulla base controllata dallo Sciame, non aveva potuto fare nulla di quello che un compagno avrebbe fatto di norma. Era in prigione. Io lo avevo salvato. Non avevo dubbi sul fatto che me ne fosse grato. Ma ora che era al sicuro e che la capsula ReGen lo aveva guarito, stava assumendo il controllo.

E io glielo avevo dato.

La caccia gli donava potere.

E a bordo di una corazzata? Un gioco da ragazzi. Non potevo andare da nessuna parte. Non potevo correre. Non potevo nascondermi.

Mi *avrebbe trovata*.

Non sapevo se ciò mi eccitasse o mi infastidisse.

Quando le porte dell'ascensore si aprirono e io vi salii, provai entrambe le cose.

"Non voglio un compagno," dissi. Per fortuna l'ascensore era vuoto, oppure qualcuno avrebbe potuto pensare che stessi parlando da sola. Ma non era così. Sentii Quinn che ridacchiava, il che mi fece praticamente ringhiare per la frustrazione.

"Ti hanno fatto il test. Solo gli Atlan in preda alla Febbre d'Accoppiamento vengono costretti a sottomettersi al test di abbinamento. E tu *non* sei di certo un'Atlan."

Le porte dell'ascensore si aprirono e uscii. Vidi la striscia blu che correva lungo le pareti e capii che mi trovavo sul piano dei motori. Svoltai a destra.

"Il mio dovere è nei confronti dell'Accademia. Io lo *gestisco*, quel posto. Non mi licenzierò."

Sentii i suoi passi pesanti, capii che la caccia era iniziata.

Era come se stessimo giocando a nascondino e lui avesse contato fino a cento prima di venirmi a cercare.

"Io posso vivere ovunque, femmina. Ovunque tu voglia."

Le sue parole mi fecero piacere e un sorriso mi comparve senza permesso sul volto. Dannato lui e il suo fascino. Mi trovai davanti a una biforcazione e svoltai a sinistra. Accelerai il passo. "Smettila di cercare di sedurmi, Cacciatore."

"Ho visto i tuoi capezzoli turgidi. Lo so che sei eccitata. Scappa, compagna. Nasconditi. Ti troverò."

Ripensai al test e mi immaginai di trovarmi in una foresta, il vento tra i capelli, il corpo in fiamme mentre il maschio di cui avevo bisogno si avvicinava sempre di più, sempre di più. Lo vidi che mi catturava, mi faceva voltare, mi riempiva con il suo...

Gemetti. Quinn si mise a ridere.

Quel suono mi spinse a continuare. Poteva rintracciarmi, ma non gli avrei dato vita facile. Due guerrieri Prillon uscirono da una stanza e io scivolai dietro di loro e la porta si chiuse alle mie spalle. Mi guardai intorno. Meccanici. La stanza era illuminata da un bagliore blu, le file di componenti ricoprivano tutto dai pavimenti al soffitto. Ricordava una biblioteca – la sezione saggistica. Qui di libri non ce n'erano, ma unità di immagazzinamento dati che permettevano alla nave di funzionare. Una foresta di macchinari.

Di primo acchito, questo era completamente diverso dal sogno del test, quello in cui la femmina veniva inseguita attraverso la foresta. Ma per il resto, per quanto riguardava le cose veramente importanti, era uguale. Lei si era goduta l'inseguimento. Aveva desiderato venire catturata.

E io?

Merda. Conoscevo la risposta. Sì. Anche io lo desideravo.

Lo sapeva anche lui.

"Lo sai cosa ti farò quando ti troverò?" mi chiese Quinn, i suoi passi costanti. Non si stava affrettando, stava facendo le cose con calma, se la stava godendo. Gli piaceva stuzzicarmi. Giocare con me.

Mi leccai le labbra. Volevo saperlo.

"Guarderò il tuo viso mentre ti sbottono l'uniforme. Mentre ti accarezzo i seni. Ascolterò il tuo battito che accelera. Ah, compagna, riesco a sentirlo anche ora."

Feci un respiro profondo; espirai. Provai a calmare il cuore che aveva cominciato a battermi all'impazzata. A quanto pareva mi piaceva sentire parole oscene, e Quinn non era nemmeno nella stessa stanza insieme a me. Dio, in cosa mi sarei trasformata quando me lo sarei ritrovata davanti?

Ah, già, un ammasso di gelatina.

"Riesco a sentire la tua eccitazione da qui. Più mi avvicino, più ti bagni."

Era vero.

L'aprirsi quasi del tutto silenzioso delle porte mi fece trattenere il respiro.

Lui era qui.

"Compagna," disse. Questa volta la sua voce proveniva dall'altra parte della stanza. "Respira."

Espirai.

"Brava ragazza."

Un vezzeggiativo che avrebbe dovuto farmi incazzare, ma non fu così. Anzi, fu... rassicurante. Gentile. Mi *piaceva*.

Che razza di problema avevo?

Ah, già. Avevo perso il controllo della mia fica.

E lui era qui. Si posizionò alla fine della fila di componenti, si mise le mani sui fianchi e mi guardò. Mi studiò. Aspettò.

Era così grosso. Così... maschio. Riuscivo a sentire il suo odore. Foresta di pini e maschio oscuro. Non avevo idea del perché mi fosse venuta in mente quella cosa. Mi sembrava lo stupido slogan di una colonia per uomini sulla Terra. Non c'era nessun odore di *maschio oscuro*. Eppure c'era, ed era quello di Quinn.

"Dovresti trovare la tua compagna marchiata," gli dissi.

Scosse il capo, ma per il resto non si mosse. "Siamo stati abbinati. Tu sei mia."

"No, non lo sono."

Si mise a ridere. "Non ancora."

"Sono un viceammiraglio. Sono io che porto i pantaloni in questa relazione."

Vidi il suo sguardo che si posava sulle mie gambe. Rimasi ferma, anche se volevo contorcermi.

"Affermi l'ovvio. Lo vedo che hai i pantaloni."

Alzai gli occhi al cielo. Non aveva colto lo slang della Terra.

"Non ti permetterò di controllarmi," dissi poi sperando di essere stata chiara.

"Sì, lo farai," rispose lui, sicuro di sé. Piegò il dito facendomi cenno di andargli incontro.

Rimasi immobile e lo fissai. Non avevo nessuna via di fuga, non senza metterlo k.o. E non volevo farlo. Quello che *volevo* era saltargli addosso come un mandrillo arrapato.

Come se avesse tirato una corda, feci un passo verso di lui.

L'espressione sul suo volto non mutò. Non si pavoneggiò. Non si mise a ridere. Mi voleva semplicemente in piedi davanti a lui.

E così il mio corpo governato dalla fica andò doveva gli pareva. Verso di lui.

Il suo braccio da Cacciatore si mosse così velocemente che non feci nemmeno in tempo a sussultare. Mi si avvolse attorno alla vita e sentii ogni centimetro del suo corpo premuto contro di me. La sua testa si abbasso e mi baciò.

Non trasalii. Sapevo che sarebbe successo. Non ero mica scema. Ma ero semplicemente sorpresa. Non dal fatto che mi stesse baciando. Ma dal bacio in sé.

Porca miseria.

Porca miseria, cazzo.

Soffice e gentile, come non me lo aspettavo. Le sue labbra si strusciarono sulle mie, facendo avanti e indietro come se stesse imparando a sentirle. Mi baciò l'angolo della bocca e tirò fuori la lingua. Mi leccò in quel punto.

Sussultai. Mi ficcò la lingua in bocca. Il suo bacio passò da gentile a selvaggio nel giro di un secondo. Non era lui che mi baciava e basta. *Io lo stavo baciando.* Avevo le mani affondate nei suoi lunghi capelli, le ciocche setose avvolte attorno alle dita.

Sapeva di menta e di uomo, caldo e delizioso. Sembrava non bastarmi mai.

Non ero vergine. Ero stata con diversi uomini. Ma essere a capo dell'Accademia mi aveva tenuta a distanza dai maschi. Non potevo permettermi di avere delle avventure con i cadetti. Né con lo staff. L'unica volta che mi ero concessa una botta e via spaziale era stata dopo una missione per conto dell'Intelligence.

Non era mai stato così. *Mai.* E questo era solo un bacio.

La camicia della mia uniforme si aprì in un lampo e sentii la brezza fresca sulla pelle prima ancora di rendermi conto che lui me l'avesse sbottonata.

Sollevò la testa. Fece un passo indietro e mi guardò. Indossavo un reggiseno bianco e semplice. Niente pizzo. Niente seta. Niente stile vedo-non-vedo. Eppure, a giudicare dal modo in cui mi stava guardando i seni, era come se stessi indossando la lingerie più elegante e diafana del mondo.

"Togliti la camicia." Era un ordine.

Le mie mani si sollevarono per obbedire ancor prima che potessi elaborare la sua dispotica richiesta.

Ci impiegai un secondo per scrollarmi di dosso il tessuto durevole e lasciarlo cadere sul pavimento dietro di me.

Fece un passo verso di me. Io indietreggiai. Ne fece un altro, e io continuai a indietreggiare fino a quando non andai a sbattere contro il muro. Il suo corpo si premette contro il mio, e sentii la sua asta dura che mi premeva contro il ventre. Non ero l'unica a non vedere l'ora di fare il passo successivo. I nostri respiri si mescolarono, i miei capezzoli gli sbattevano contro il petto ogni volta che inspiravo.

Rimasi immobile mentre lui mi slacciava i pantaloni e me li abbassava insieme alle mutandine. Le sue dita trovarono il mio centro.

Sussultai, e poi gemetti.

"Compagna," disse ringhiando. Sollevò le dita e vedi i

miei umori che vi brillavano sopra e lo guardai mentre le leccava per pulirle.

Il mio odore bisognoso riempiva l'aria. Tutti il rumore, tutti i suoni scivolarono via. Restò solo quello c'era tra di noi e in questa stanza vuota.

Mi fece girare e io poggiai le mani sul muro freddo. Fece un passo avanti, piegò le ginocchia, strusciò il cazzo coperto dai pantaloni contro la mia fica, in mezzo alla spaccatura del mio culo.

Non avevo presa sul muro, niente a cui aggrapparmi o sostenermi. E ciò mi spinse verso il mio controllo, che avevo lasciato per terra sul pavimento di fianco alla camicia della mia uniforme.

Mi girai, lo guardai e gli dissi: "Sono un viceammiraglio della Flotta della Coalizione."

La sua mascella si contrasse. I muscoli del suo collo erano tesi. La mano che mi aveva poggiato sul fianco era ferma, ma gentile. Non mi avrebbe fatto del male.

Lentamente, scosse il capo. "Qui, insieme a me, sei la mia compagna. Nient'altro. Avrai anche il controllo là fuori." Mi fece inclinare la testa da un lato, verso la porta. "Con me, ti sottometterai."

Toccò a me scuotere il capo. "Non voglio farlo."

La sua mano tornò a infilarsi in mezzo alle mie cosce, passando sulle mie labbra gonfie, infilandosi nella mia fica e facendomi così sollevare in punta di piedi. Poi si allontanò. Si dipinse la mia essenza sulle labbra. "Sì che lo vuoi. Assaggia."

Tirai fuori la lingua.

"Lo vuoi. Sottomettiti qui. A me. *Solo* a me."

Si sbottonò i pantaloni e tirò fuori il cazzo. Cavoli. Era grosso. Lungo. Tozzo. La pre-eiaculazione imperlava la punta. Ne afferrò la base, si toccò. "Solo a questo."

Gemetti. Io non gemevo *mai*.

Usò la mano libera per farmi girare. Sbattei le mani contro il muro. Questa volta fui io a sollevare il culo, a spingerlo in fuori.

Volevo quel *cazzo* dentro di me. Ne avevo bisogno.

"Bene. Proprio così, compagna."

Non aspettò. Ci eravamo solo baciati. Avevo ancora il reggiseno addosso. Eravamo a malapena scoperti, a parte le zone più importanti. Eppure i preliminari erano iniziati non appena si era risvegliato all'interno della capsula ReGen.

Ero bagnata. Ero vogliosa.

Mi prese, riempiendomi con un unico lento movimento in avanti, e il suo cazzo scivolò dentro di me. La sua mano mi strinse il fianco e mi tenne ferma quando provai a muovermi. Ce l'aveva grosso, mi sentivo allargata all'inverosimile, così piena che era quasi *troppo*.

Ringhiò. Mi prese con foga. La carne sbatté contro la carne. I nostri respiri si fecero ansimanti. Il bisogno crebbe. Sbocciò. Esplose.

Poi una mano mi colpì il culo, mi sculacciò. Con forza. Sussultai, mi contrassi attorno a lui.

"Questo è per avermi drogato, compagna. Per avermi costretto a entrare nella capsula ReGen."

Era troppo. Tutto *questo* era troppo. Presa, usata da un maschio a suo piacimento. Non era nemmeno uno scambio. Mi stava prendendo. Mi stava scopando. Mi stava penetrando mentre aveva bisogno di trovare il piacere. Mi stava *sculacciando* per punizione.

Venni. Fu io ad avere l'orgasmo. Fui io che gridai di piacere nella stanza dei meccanici di una corazzata. Fui io che mi contrassi attorno al suo cazzo duro perché la sculacciata era stata sexy da morire. La mia fica lo strinse con una tale forza che Quinn ruggì, si spinse dentro di me un'ultima volta e venne.

Fu solo allora che la mia mente si liberò abbastanza da permettermi di capire che non mi aveva usata. Per niente. Mi aveva dato piacere, si era assicurato che io venissi per prima. Solo dopo avermi soddisfatto aveva trovato il proprio orgasmo.

Si era preso cura di me nel mio momento più vulnerabile.

Le lacrime mi riempirono gli occhi. Sentii il suo corpo che si premeva contro il mio, che mi teneva premuta contro il muro. Mi mordicchiò le spalle, le sue mani accarezzarono le curve del mio corpo con una gentilezza che, fino a pochi istanti fa, non avrei mai immaginato. Mi sentivo come una bambola di vetro, qualcosa che poteva rompersi facilmente. Qualcosa di prezioso. Fragile.

Merda. E allora arrivarono le lacrime che mi bruciarono le guance, e le scosse di assestamento che mi scossero di dentro, la fica ancora gonfia, dolorante. Piena.

Le sue carezze mi lasciarono infranta e vulnerabile, ancor di più dell'inseguimento o dell'orgasmo, perché erano reali. Gentili. Sicure.

Sapevano di amore, e che sia dannata se io sapevo *cosa* ciò significasse. L'unica cosa che sapevo in quel momento che faceva male da qualche parte nel profondo, in qualche parte oscura e sepolta. Mi doleva il petto, avevo gli occhi bagnati. *Non erano lacrime.* Non. Erano. Lacrime.

"Dèi, Niobe, sei bellissima. Troviamo un letto. Voglio rifarlo. E la prossima volta ti guarderò in faccia mentre ti concedi a me, mentre ti sottometti."

6

Quinn, Corazzata Karter, Alloggi degli Ufficiali

"CI SERVE DEL CIBO," dissi entrando negli alloggi degli ospiti che ci erano stati assegnati. Karter aveva inviato un messaggio con la posizione mentre noi eravamo... impegnati. La piccola camera privata aveva due stanze, una con un letto grande abbastanza da ospitare due Prillon e la loro compagna – spazio più che in abbondanza per quello che io avevo in mente di fare con Niobe – e un bagno. Un tavolo, delle sedie e una macchina S-Gen costituivano l'intero mobilio dell'alloggio. A parte una vista fornita da una finestra lunga quanto la stanza, la stanza era spoglia, semplice, ma a me l'unica cosa che importava erano la porta che si chiudeva e il letto.

Saremmo rimasti qui per le oltre cinque ore che ci rimanevano prima del risveglio di Zan. Una volta che lui fosse stato informato della situazione e che i piani fossero stati approntati, non saremmo ritornati. Saremmo andati direttamente dalla riunione al trasporto, e poi su Latiri 4. E poi... beh, sarei stato con Niobe. Quello lo sapevo. Dove saremmo vissuti, era ancora da decidere.

Ma ora non era il momento di fare conversazione. Ora dovevamo toccarci. Imparare a conoscerci l'un l'altro. Ora dovevo farla mia.

Cominciai a svestirmi, lasciando cadere i miei nuovi vestiti sul pavimento. Non ero modesto. Non con Niobe. Adesso il mio corpo apparteneva a lei. Non lo avrei nascosto.

Mi tolsi gli stivali e feci per abbassarmi i pantaloni, ma mi fermai. Lei era sulla porta. Mi fissava.

Sorrisi. "Ti piace quello che vedi? Spero proprio di sì."

"Non hai detto che ci serve da mangiare?" rispose lei. La sua voce era piatta. Efficiente, non scortese.

Sorrisi. "Sì. Ma se abbiamo solo poche ore a disposizione, mangeremo nudi."

Spalancò la bocca. Bene. L'avevo sorpresa. Non sembrava sorprendersi facilmente. Era partita per andare a conoscere il proprio compagno ed era finita in una prigione controllata dallo Sciame. Non era andata nel panico, aveva a malapena battuto ciglio prima di salvare da sola sei guerrieri – tra cui io – con le sue abilità e la sua competenza riguardo il sistema di trasporto.

"Devo farmi una doccia," disse e se ne andò dritta in bagno senza smettere di guardare il mio corpo. Dopo averla reclamata nella sala macchine, il cazzo non mi si era ammosciato. Lei lo aveva visto a malapena prima che la riempisse. Non ce l'avevo piccolo. Ne avevo più che a sufficienza per farla felice.

"Resta nuda, quando esci."

La porta si chiuse dietro di lei e io ridacchiai. Mi diressi verso la macchina S-Gen. Che cosa le piaceva mangiare? Quali erano i suoi cibi preferiti? Non ne avevo idea. Scelsi diverse cose, tirando a indovinare. Poggiai il tutto sul tavolino quando la porta si aprì.

Uscì avvolta in un asciugamano. Gocce d'acqua le cadevano dai lunghi capelli. La guardai, dai suoi piccoli piedi, risalendo verso i polpacci ben formati, le cosce toniche.

"Apri l'asciugamano, compagna."

Mi sfidò intenzionalmente, ma scorsi una certa circospezione nei suoi occhi. Io ero in piedi di fronte a lei, nudo e pronto a scopare. L'avevo braccata e reclamata, ma eravamo ancora due sconosciuti. La connessione c'era, ma eravamo... nuovi.

Abbassò l'asciugamano fino a quando non si ritrovò appeso alle sue dita.

"Cazzo, compagna. Sei bellissima."

Ogni pallido centimetro del suo corpo era pura perfezione. Ne avevo già visto una grande parte, ma ora non c'era più la foga del desiderio che mi annebbiava la vista. Guardai i suoi occhi sprezzanti, il mento sollevato, le spalle delicate, i seni pieni e i capezzoli rosa. Poi il mio sguardo si abbassò sulla sua vita formosa, i fianchi larghi... e poi, cazzo, sulla fica che governava il mio mondo.

Afferrai l'asciugamano.

"Quinn," disse lei allungando la mano per afferrarlo, come se volesse coprirsi.

Lo poggiai su una delle sedie e mi ci sedetti sopra. Ora non sarebbe riuscita a riprenderselo per nulla al mondo, ed era anche giusto nei confronti di chiunque fosse il proprietario di questi alloggi che evitassi di poggiare il culo e le palle nude direttamente su questa sedia.

Mi sporsi in avanti, la presi per mano e me la feci sedere sulle ginocchia. Gemetti, sentirla così morbida sulle mie cosce era una... tortura. I suoi capelli erano proprio lì. Vi affondai il naso, poi le baciai il collo, la curva della spalla.

"Mangia," dissi cercando di restare concentrato sul da farsi, nutrirla, prendermi cura di lei, imparare a conoscerla, invece di scopare. Ma ci volle ogni grammo di volontà che possedevo per riuscire a non metterla sul tavolo e a scoparla di nuovo. "Dobbiamo mangiare."

Ero sincero. Presto saremmo andati in missione. Partire da deboli, affamati, sarebbe stato stupido e irrazionale. Non dormire perché dovevamo scopare? Beh, c'erano certi sacrifici che non ero pronto a fare... e altri per cui invece ero più che pronto.

Allungai la mano, presi un cucchiaio e presi un po' della pietanza Everian. Carne speziata e verdure. Glielo portai alle labbra.

Lei aprì la bocca e prese quello che le offrivo, la sua lingua delicata leccò il fondo del cucchiaio.

"Buono?" le chiesi guardandola masticare e deglutire.

Annuì. "Posso mangiare da sola, sai?"

"Così è più divertente." Presi un'altra cucchiaiata e me la misi in bocca. "Sei un'Everian," affermai. Così mi aveva detto prima.

"Per metà," rispose lei prendendo un altro boccone.

"Umana, se devo indovinare."

Annuì senza smettere di masticare.

"Sei partita dal Centro Elaborazione Spose sulla Terra?"

"No."

Presi un pezzo di verdura per me.

Con le abilità che aveva dimostrato dentro la prigione, dubitavo venisse dalla Terra. "Da Everis, allora?" Le diedi da mangiare un boccone di crostata salata. Si accigliò, fece una smorfia, masticò e la buttò giù.

"Non ti piace?"

"Non ne vado pazza."

"E per cosa vai pazza?" le chiesi.

Elencò dei piatti Everian, poi si sporse in avanti e afferrò un pezzo di frutta. Lo prese tra le dita e se lo portò alla bocca, ma i succhi appiccicosi le colarono sul seno.

"Per gli dèi," sussurrai guardano la goccia che le scivolava verso il capezzolo. Senza pensare, mi mossi per leccarla, poi la guardai in faccia.

Lei mi stava guardando, gli occhi morbidi e un po' annebbiati.

"Dolce," mormorai, e poi mi misi il suo capezzolo in bocca.

"Quinn," disse lei con voce ansimante.

"Lo so," ringhiai io. La missione era conoscerla. *Parlare.* Non scopare. Mi drizzai e la feci girare così da non essere più tentato dai suoi seni. Restai solo stuzzicato dal sentire il suo culo contro il mio cazzo, sapendo che, se mi fossi anche solo di pochi centimetri, avrei potuto facilmente penetrarla. "Quindi, umana, non dalla Terra. Non da Everis. Spiega."

A quel punto si mise a ridere, sapendo che ero quasi al limite. "Sono cresciuta sulla Terra."

"Non ti sentivi fuori luogo?"

Mi guardò. "Come fai a saperlo?"

Feci spallucce. "Gli umani sono creature semplici. Ben lungi dall'essere avanzati. Sono... fragili. Suppongo tu fossi più veloce dei tuoi amici, anche da bambina. Forse avevi un udito migliore. Una vista migliore. Diamine, eri migliore in *tutto*."

Annuì. "Sì, è vero. Mi sentivo un fenomeno da baraccone."

Non sapevo cosa fosse un *fenomeno da baraccone*, ma potevo indovinare.

"Quando avevo quattordici anni, un gruppo di Cacciatori vennero sulla Terra per una missione. Sentirono parlare di me. Avevo infranto tutti i record di atletica della scuola."

Ah.

"Vennero a vedermi e capirono. Il marchio sul palmo della mia mano fu la prova definitiva." Prese un altro pezzo di frutta – sembrava essere il suo cibo preferito sulla tavola – e lo morse. "Non mi permisero di restare sulla Terra. Non è permesso agli alieni, soprattutto a quelli che si fanno notare. Fui costretta a seguirli su Everis."

"E i tuoi genitori? Tuo padre non lo avevano scoperto?"

Mi guardò, poi mi tolse il cucchiaio dalla mano. "Mio padre, suppongo, arrivò sulla Terra per una missione. Incontrò mia madre e la mise incinta. Non ho mai saputo chi fosse. Non sapevo che fosse di Everis. Diamine, non sapevo nemmeno che *io* fossi un'Everian, prima dell'arrivo di quei Cacciatori."

"Tua madre non te lo ha detto?"

"Morì quando avevo sei anni. Sono cresciuta in affidamento."

Mi accigliai, non capivo, e allora lei me lo spiegò mentre mangiavo. Più cose sentivo, meno mi piaceva. Pensare a Niobe da sola con famiglie a cui non importava di lei, che non la amavano, mi faceva arrabbiare. Era rimasta da sola per tutta la vita, da quando aveva sei anni.

"Andai su Everis con i Cacciatori e vissi con uno di loro, insieme alla sua compagna e ai suoi bambini. Erano gentili. Buoni. Ma io ero un'umana, quantomeno culturalmente. Mi

ci volle un po' per abituarmi, ma non mi sentii mai veramente integrata. A diciott'anni, mi offrii volontaria per
combattere." Sospirò. "Dio, fu allora che, per la prima volta,
mi sentii... normale. Mi piaceva moltissimo. Sapevano come
sfruttare le mie abilità, ed era bello. Mi sentivo accettata."
Fece spallucce. "Ovviamente, eccellevo, non serve dirlo. Ho
lavorato con i team di estrazione per anni, e poi ho cominciato a insegnare all'Accademia. E ora la gestisco."

Impressionante. Aveva senso adesso, questa sua necessità di avere il controllo. Aveva anche senso il perché avesse
bisogno di cederlo.

"Che mi dici di te?" mi chiese.

Non potei aspettare nemmeno un altro secondo. Invece
di rispondere, la baciai. Assaporai la frutta dolce e un sapore
che era tutto Niobe. Le mie dita si intrecciarono nei suoi
capelli. La tenni ferma proprio dove la volevo.

"Quinn," disse ansimando. "Rispondimi."

"Cacciatore d'Elite. Cresciuto su Everis. Bravi genitori.
Sono il più grande di sette fratelli. Ho ventidue nipoti."
Rivolsi la mia attenzione al suo collo, baciai la pelle morbida
mentre davo a entrambi ciò che volevamo. "Assegnato alla
Corazzata Karter e alla Sezione 437." Terminai dandole un
bacio sulle labbra. Io non ero interessante. Neanche un po'.

"Hai sei fratelli?" mi chiese. Con tutto quello che le
avevo detto, questo l'aveva colpita?

Annuii e le passai il pollice sul florido labbro inferiore.
Non le dissi che c'erano dodici anni di differenza tra me e il
mio fratello più giovane, né che avevo passato la maggior
parte della mia giovinezza correndo dietro ai miei fratelli e
sorelle, facendo loro il bagno, cucinando. La nostra famiglia
lavorava unita. Avevo delle faccende da sbrigare. Un sacco di
faccende. E ciò comprendeva prendermi cura dei membri

più giovani della famiglia. Proteggerli. Tenerli fuori dai guai, lontani dal pericolo.

A dieci anni, mi sentivo come un padre. Avevo resistito al protocollo di abbinamento perché non ero pronto a diventare nuovamente padre. Avevo fatto pace con il fatto che la donna a cui potevo venire abbinato avrebbe potuto volere dei figli ma, ad essere onesti, se a Niobe non importava diventare madre, allora ne sarei stato contento. Il bisogno di diventare genitore era stato sradicato via dal mio essere quando avevo quindici anni.

"Sì, sei. Tutti più piccoli di me. Io ho trentott'anni e solo due anni fa mi sono sottoposto al test. Amo vedere tutti i miei fratelli con i loro partner, amo vederli felici e con un sacco di figli, ma mi era bastato guardarli."

Distolse lo sguardo, si morse il labbro. "E ora?"

"Ora?" le chiesi.

"Vieni da una famiglia numerosa. Suppongo che tu voglia una compagna e un sacco di figli?"

Percepii che questa era una domanda seria, così feci una pausa. Ci pensai su. "Hai detto che non potevi darmi ciò che volevo. Tu pensi che io voglia... cosa di preciso?" Le strinsi il mento tra le dita e la costrinsi a guardarmi.

"Dei bambini. Un sacco di bambini."

Sostenni il suo sguardo e decisi di essere onesto. "A me non importa avere dei figli."

Il sollievo nei suoi occhi, il suo corpo che si rilassò mi fecero esitare. "A giudicare dalla tua reazione, ne deduco che tu non desideri essere madre?"

Scosse il capo. "No. Sarei una madre terribile. Non ho idea di come si comporti una brava madre. Non saprei nemmeno da dove cominciare. E la verità è che..." si morse il labbro inferiore e mi guardò, "...la verità è che non desidero avere dei figli. Se avessi dei bambini di cui occuparmi, non potrei più gestire l'accademia e servire la Coalizione come mi piace fare. Non voglio diventare madre. Non l'ho mai voluto."

In base a quello che mi aveva raccontato della sua infanzia, aveva senso. Ma la conoscevo, quantomeno abbastanza da capire che era gentile. Dolce. Sarebbe stata una brava madre. Ma rispettavo la sua scelta. Io non desideravo diventare padre. Volevo solo che la mia compagna fosse felice, che si sentisse completa. E se quella completezza fosse derivata dal diventare una madre, avrei acconsentito. E se invece no? Beh, la possibilità di averla tutta per me per il resto delle nostre vite mi dava enorme piacere.

Le stavo fissando il labbro, ricordandone il sapore, quando lei parlò nuovamente. "E poi ho trentasei anni. Sono quella che sulla Terra si chiama Vecchia Zitella. Il mio orologio biologico ha praticamente smesso di ticchettare. Le mie ovaie sono vecchie e rinsecchite."

Non avevo idea di quale orologio stesse parlando, né di cosa fosse vecchio e rinsecchito. Capivo la sua età. Femmine più anziane di lei avevano dei figli. Non era una cosa assurda. Ma lei non ne voleva. E temeva che io ne volessi, che lei non potesse darmi ciò che volevo. Che, a causa di ciò, non fosse una brava compagna.

La mia compagna mi guardò intensamente, la preoccupazione e il dolore negli occhi. Inaccettabile. Non quando tutto di lei mi rendeva soddisfatto. No. Molto più che soddisfatto. Felice.

"Io ti voglio, Niobe. Non voglio dei figli. Non ho mai voluto diventare padre. Mi diverto con i miei nipoti. Ventidue bambini bastano e avanzano. Niobe..." Mi guardò.

Mi guardò *per davvero*. "Se le nostre intenzioni non fossero le stesse, non ci avrebbero abbinati."

Lei questo doveva saperlo, eppure dubitava. Fino a questo momento. "Veramente non vuoi dei marmocchi?"

Dei marmocchi? Sulla Terra non chiamavano così i cuccioli delle capre?

A giudicare dalla sua espressione sincera, si riferiva alla progenie, non agli animali. Forse era di nuovo quello slang della Terra.

"Non voglio diventare padre. Va bene?" le chiesi sorridendo.

Mi sorrise di rimando. "Sì."

Sollevai i fianchi e premetti il mio cazzo contro il suo corpo. "Non dovremo fare un bambino, ma scoperemo."

"Bene. Perché io... ti voglio ancora."

"Lo so," risposi con fare da gradasso.

Alzò gli occhi al cielo. Mi alzai tenendola tra le braccia e mi diressi verso il letto e la lasciai cadere sul materasso. Rimbalzò sventolando le gambe. La afferrai per le caviglie, la tirai verso il bordo del letto, mi misi in ginocchio sul pavimento e le feci spalancare per bene i piedi sulla superficie morbida.

"Quinn," mormorò tirando su sui gomiti e guardando il suo corpo nudo e me.

Che spettacolo, cazzo. Non mi sarei mai stufato di guardarla. Le gambe spalancate, la fica bagnata, il suo soffice ventre, i seni pesanti e i capezzoli turgidi. Quello sguardo eccitato sul volto.

Feci un respiro profondo, inalando il suo profumo.

"Chissà se sei tanto dolce quanto quella frutta."

Non aspettai nemmeno un altro secondo prima di

scoprirlo, leccandole la fica, spalmandomi i suoi umori appiccicosi sulla lingua.

"Quinn!" disse di nuovo, questa volta con un sussulto sorpreso. Mi afferrò per i capelli e mi attirò a sé.

Sorrisi. "Non puoi controllarmi, compagna."

Quelle per lei erano parole di sfida. Mi lasciò andare e poi scivolò sul pavimento posizionandosi direttamente davanti a me. Il suo sorriso, ora ferino, era letale. Era bellissima, i capelli arruffati, nuda, eccitata. Giocosa.

Mi misi una mano sul petto e mi spinse. Io ovviamente la lasciai fare. Mi distesi di schiena sul tappeto. Volevo vedere cosa aveva intenzione di fare.

Cazzo. Voleva afferrarmi il cazzo e metterselo in bocca. Succhiarmi come un buco nero.

La sua bocca era calda, stretta. Bagnata. La suzione potente. La sua presa salda, che scivolava. Quell'infida femmina mi fece quasi venire. Mi teneva letteralmente per le palle.

Si mise a sedere e si asciugò la bocca con il dorso della mano. Stava ansimando ed era decisamente soddisfatta di sé stessa. Io morivo dalla voglia di venire, le palle piene e doloranti.

Il sudore mi ricopriva la pelle, facevo fatica a respirare.

Era una battaglia tra le nostre forze di volontà. Una battaglia per decidere chi detenesse il controllo. Chi si sarebbe sottomesso.

"Tu sei mia, compagna. Sono io che decido quello che accade in camera da letto." Non avevo intenzione di discutere al riguardo. Era un dato di fatto.

Lei invece ne aveva intenzione eccome. Sollevò un sopracciglio. "Ah, sì?" Guardò il mio cazzo, duro e rigido, bagnato dalla sua bocca, quasi viola, pulsante per il bisogno di venire.

Aveva ragione. Quando mi ritrovavo praticamente nella sua gola, non c'era niente che potessi fare, potevo solo arrendermi. Quale maschio avrebbe potuto resistere a una tale tentazione?

Ma lei era così vulnerabile quando aveva le gambe spalancate e la mia bocca estraeva piacere dal suo corpo. Allora, era ben lungi dall'avere il controllo.

Non saremmo riusciti a risolvere la questione entro le prossime ore. Aveva già capito che, se fosse fuggita, io le avrei dato la caccia. L'avrei trovata, sempre. Sarebbe stata sempre mia. Avevo il resto della nostra vita per dimostrarglielo, per ripetere la lezione ancora e ancora, fino a quando non avesse capito.

Per ora, però, il potere poteva essere di entrambi.

"Un compromesso." Arricciai il dito facendole cenno di avvicinarsi. Strisciò sopra di me, i suoi capelli neri una tenda che ci avvolgeva. Il mio cazzo le toccò il ventre, e quindi le scivolò sulla fica.

"Girati."

I suoi occhi si illuminarono. Aveva capito. Lentamente, con cautela, si girò e mi scavalcò la testa con un ginocchio, così da ritrovarsi cavalcioni sopra il mio viso, e il suo direttamente al di sopra del mio cazzo.

"Sulla Terra questo si chiama sessantanove," disse leccandomi il cazzo.

Gemetti e mossi i fianchi. Per non essere surclassato, le afferrai i fianchi, la tirai verso di me e me la feci sedere sulla faccia. Forse mi avrebbe soffocato fino a uccidermi, ma sarebbe stato un modo meraviglioso di andarsene. Leccai la sua dolce eccitazione, la sua clitoride.

Lei sussultò. "Tu come lo chiami?" Si mise il mio membro in bocca e cominciò a succhiarlo.

Io le leccai la fica come se stessi morendo di fame.

"Paradiso," dissi. "Io questo lo chiamo il paradiso, cazzo."

La lotta ora sarebbe stata a chi sarebbe venuto prima.

Quinn, Corazzata Karter, Ponte di comando

LA MIA COMPAGNA era seduta alla destra del comandante, un posto d'onore. Alla sua sinistra c'era un'altra femmina della Terra, il comandante Chloe Phan, appoggiata allo schienale della sedia, le braccia conserte. Le due femmine si conoscevano bene, a quanto pareva. Si erano abbracciate prima dell'inizio della riunione e avevano parlato liberamente l'una con l'altra, usando i loro nomi.

Niobe.

Lei era mia, e io me ne stavo in piedi dietro di lei come un idiota geloso mentre Prax, il capitano Prillon, mi sorrideva come se sapesse esattamente a cosa stessi pensando.

Ne dubitavo, perché la mia mente era concentrata sul modo in cui Niobe si era sottomessa a me. Al modo in cui mi si era concessa sessualmente. Dubitavo che questa fosse una cosa che lei facesse, nuda o vestita, ed era stata la prima volta per lei. Senza dubbio. Quando l'avevo piegata alla mia volontà, avevo scorto della frustrazione nei suoi occhi. Oh, non l'avevo costretta. No, diamine. Ma lo sapevo. La mia compagna doveva aver bisogno di sottomettersi, di avere qualcuno che assumesse il controllo, di permetterle di sgombrare la mente, di sentirsi al sicuro con qualcun altro, rinunciando ai propri timori. Alle proprie domande. Problemi con cui aveva a che fare ogni singolo giorno, invece di perdersi nel piacere.

E Niobe lo aveva fatto in un modo meraviglioso. Aveva resistito, all'inizio. Me lo aspettavo. Ma ciò non aveva fatto altro che addolcire ancora di più la sua sottomissione.

Ora, vedendola in completo controllo di sé stessa, delle sue emozioni... di tutto, me lo faceva venire duro. Di nuovo. La volevo di nuovo. Ancora. Perché?

Beh, perché no, cazzo? Riuscivo a sentire il suo odore. Riuscivo a sentire il *mio* odore su di *lei*. Sapevo che il mio sperma era dentro di lei. Sapevo che la marchiava, la riempiva.

Ora, in questa stanza, avrebbe capito che mi apparteneva. Poteva dare ordini agli altri guerrieri qui, eppure la sua fica doleva dopo il modo in cui l'avevo martellata con il mio cazzo.

Poteva andarsene da questa riunione sapendo che io sarei stato lì a tenerla al sicuro, a permetterle di denudare la sua anima – vestita o no – e che non l'avrei delusa.

Sì, invece di prestare attenzione alla conversazione, fu a questo che pensai. Avrei dovuto prestare attenzione al piano per tornare su Latiri 4, in quel buco infernale, e salvare gli altri guerrieri ancora in trappola.

Invece mi consumava la consapevolezza che Niobe –

no, il *viceammiraglio* – sarebbe venuta in missione con noi. Che avrebbe avuto un'arma. Che si sarebbe messa in pericolo.

Infatti, quando il comandante Karter, con rispetto e cautela, le aveva suggerito di restare sulla nave fino alla fine della battaglia, lei gli aveva rivolto un'occhiataccia fino a quando lui non aveva fatto spallucce e aveva rediretto il proprio sguardo verso i piani di battaglia sul tavolo davanti a noi.

Ci trovavamo sulla sua nave da meno di un giorno, e il comandante aveva già imparato che lei non gli avrebbe dato retta. Non mi importava se lei respingesse lui, ma di certo non avrebbe respinto me. *No, cazzo.*

Zan, l'enorme Atlan che aveva provato a uccidermi, era la nostra fonte primaria di informazioni sulle operazioni dello Sciame dentro quel posto. Io mi ero ritrovato in una cella di fianco alla stanza di trasporto, ma lui aveva visto il cuore della base, aveva passato numerosi giorni integrato nella mente dello Sciame. Lo avevano messo in una capsula ReGen per farlo guarire. Dopodiché, i dottori avevano passato diverse ore a rimuovere la tecnologia dello Sciame dal suo corpo, pezzo dopo pezzo. Ora aveva di nuovo il controllo di sé stesso, l'influenza dello Sciame sulla sua mente era svanita, ma non sarebbero mai scomparsi del tutto. Il comandante aveva già detto che, a missione finita, Zan sarebbe andato sulla Colonia.

Mi sarei aspettato che Zan si mettesse a protestare, ma il dolore che aveva negli occhi era un dolore che avevo già visto prima di allora.

Era già pericoloso di suo. E ora, con la tecnologia dello Sciame sparsa per tutto il corpo? Nessuno di noi poteva sapere cosa sarebbe successo una volta tornati laggiù, con il

Nexus così vicino. E ci saremmo avvicinati al Nexus, perché era lui l'obiettivo della nostra missione.

Eppure, nemmeno io sapevo come avrei reagito. Le iniezioni che quel bastardo blu mi aveva fatto bruciavano come acido in ogni muscolo o terminazione nervosa... dentro la mia mente. Il ronzio che avevo nella testa era potente e consistente, e non avevo modo di sapere cosa sarebbe successo quando fossi ritornato nella base.

Il dottore mi aveva detto che il mio corpo era saturo all'ottantacinque per cento. Ciò voleva dire che la mia mente avrebbe ricominciato a ronzare non appena mi sarei avvicinato al Nexus? O la mia debolezza era stata indotta dalla mancanza di sonno, cibo, acqua? Ora che il mio corpo era guarito, la mia mente sarebbe stata sgombra? Oppure avrei dovuto stringere i denti e sopportare?

Lo avrei fatto, non c'era nemmeno da chiederlo. Ma preferivo evitare di avere lo Sciame che mi ronzava nella testa.

Zan e io ci trovavamo nello stesso inesplorato territorio. La cattività gli avrebbe lasciato degli effetti emotivi duraturi, e così sarebbe successo anche a me, ma ora era qui, pronto a combattere, pronto a salvare gli altri. Pronto a uccidere ogni cazzo di membro dello Sciame su quel pianeta.

Io ne volevo uccidere uno solo.

Nexus 4. Mi aveva detto il suo nome. Parlava come un individuo. Era lui che controllava tutto all'interno della base. Aveva ucciso il resto della mia unità di Cacciatori di Elite. Aveva torturato i miei amici e ci aveva costretti a sentire le urla dei nostri compagni. Li aveva uccisi uno ad uno, fino a quando non ero rimasto che io.

Karter stava parlando della missione del gruppo, ma la mia era specifica. Personale. *Nexus 4.*

Mi sarei preso la sua testa prima di lasciare quella roccia. Dovevo sapere che era morto. Era *lui* quel ronzio nella mia testa. E con i dottori che non potevano rimuovere la tecnologia microscopica che mi aveva iniettato nel corpo, c'era la concreta possibilità che, una volta ritornato alla base, lo avrei sentito *di nuovo*.

Anzi, ci contavo. Era come se mi avesse messo un faro nella testa che puntava direttamente su di lui. E anche se il suo piano era stato di tenermi al suo fianco, di farmi combattere *con* lui, lo avrei usato per porre fine alla sua esistenza.

Prestai la minima attenzione necessaria al piano di battaglia. Non mi piaceva sapere che Niobe sarebbe venuta con noi ma, in base ai piani, sarebbe stata accompagnata da un gruppo di guerrieri Atlan, guerrieri freschi che non vedevano l'ora di vendicare i loro fratelli ancora rinchiusi dentro le prigioni.

Secondo Zan, c'erano ancora almeno una dozzina di Atlan nella base. Quindi il comandante Karter – no, il *viceammiraglio Niobe* – aveva insistito affinché portassimo due Atlan dalla nave per ogni Atlan potenzialmente integrato.

Grazie agli dèi, i dottori a bordo di questa nave erano riusciti a salvarlo. Il nostro Atlan, Zan, sapeva dove si trovassero le guardie, dove si trovavano i soldati più pesantemente armati dello Sciame, e dove erano tenuti il resto dei prigionieri. Sapeva che quasi sicuramente sarebbe andato a finire sulla Colonia, ma non prima di aver finito questa missione.

Avevamo bisogno di lui. Lui aveva bisogno di porre fine a questa storia.

I Cacciatori Everian, come me, erano stati tenuti separati su Latiri 4. Decisione del Nexus 4. Ecco perché non avevo visto nessun altro dopo che erano passati di fronte alla mia cella. Ecco perché solo io sapevo della morte degli altri Cacciatori.

Zan non sapeva perché ci avessero separati dagli altri prigionieri, e nemmeno io. Ero piuttosto sicuro di non volerlo sapere. Tuttavia, speravo che il bastardo blu fosse intrappolato laggiù insieme a loro – la mia compagna aveva serrato tutto prima della nostra partenza. Mi aveva torturato, aveva ucciso i miei amici. Se avevo compreso correttamente gli ultimi rapporti della Coalizione, si riteneva che i Nexus fossero i leader dello Sciame, i comandanti e gli organizzatori. I cervelli che gestivano l'intera operazione. Erano una specie unica che conquistava e integrava il resto di noi per usarci in guerra.

Uno aveva persino provato a crearsi una compagna. O così avevo sentito dire. Quel pettegolezzo non si trovava nei rapporti ufficiali, ma avevo dei contatti su Rogue 5 e, stando a quanto dicevano, la femmina in questione – un'umana come la mia compagna – non solo era riuscita a scappare da un'unità Nexus, ma era anche riuscita a tendergli una trappola e ucciderlo. La sola idea mi faceva venire voglia di staccare teste come una bestia Atlan.

Quando quel Nexus era morto, migliaia di guerrieri integrati erano stramazzati morti sul campo di battaglia in numerosi settori circostanti. Gli scienziati su Rogue 5 ritenevano che la maggior parte dei caduti fossero morti dallo shock causato da una separazione mentale troppo brusca, ma alcuni si erano guardati intorno, sbattendo le palpebre come se si fossero appena svegliati da un incubo.

Avevo chiesto in giro per la Coalizione, ma l'Intelligence teneva le labbra cucite riguardo le unità Nexus e quello che sapevano – o non sapevano – riguardo i leader dello Sciame.

Non condividevano certe informazioni: anche i Nexus avevano le loro spie.

La mia compagna stava passando il dito lungo la mappa proiettata sul tavolo, esponendo quelle che erano le nostre priorità per l'estrazione.

Anzitutto dovevamo salvare tutti i guerrieri che si trovavano ancora nei laboratori medici dove avveniva l'installazione delle integrazioni. Era l'area più vicina alla stanza di trasporto, vicino a dove ero stato tenuto io. Quella stazione di trasporto si trovava nel terzo livello sotterraneo. Prima dell'arrivo di Niobe, era sempre rimasta piuttosto sguarnita.

Non avevamo idea di cosa ci avrebbe aspettati questa volta, e per questo motivo un'intera squadra avrebbe attaccato la base in superficie, un pieno attacco frontale. Navi da combattimento, Atlan e Prillon sul terreno che caricavano i porti di attracco e le porte esterne.

Le squadre di estrazione, guidate dal compagno principale della comandante Chloe Phan, il capitano Seth Mills, si sarebbero trasportati direttamente nel Livello Uno e avrebbero condotto l'attacco dall'interno.

Chloe era seduta in mezzo ai suoi compagni. Seth, l'umano, avrebbe guidato i team ReCon. Il suo altro compagno, un guerriero Prillon di nome Dorian, sarebbe rimasto all'esterno alla guida di uno squadrone di combattenti per fornire copertura area in caso di attacco dello Sciame.

"Dora e Christopher rimarranno qui con me," disse Lady Karter. La compagna del comandante era seduta dall'altra parte del tavolo e stava guardando Chloe negli occhi. Le due donne si scambiarono uno sguardo che comprendevo bene. Un giuramento, da Erica a Chloe: le stava promettendo che, nel caso loro tre non fossero tornati, lei si sarebbe presa cura dei loro figli.

"Grazie, Erica." Chloe sbatté le palpebre con forza. In base a quello che sapevo delle femmine umane, pensai che stesse cercando di trattenere le lacrime. Seth, il suo compagno, le mise la mano sul braccio, giusto per un istante. Il tocco fu fugace, e io capii il perché. Proprio come me, nemmeno lui poteva permettersi di minare l'autorità della sua compagna di fronte a tutti gli altri, ma nemmeno poteva ignorare il suo dolore. Sapevo come funzionassero i loro collari, come li connettevano emotivamente. Chloe era un comandante, pari di rango al comandante Karter in persona, sebbene il suo grado provenisse dal Centro Intelligence e non dal tradizionale – quanto sanguinolento – processo di selezione della Flotta della Coalizione.

Ma anche se non aveva sanguinato in un'arena, non per questo era meno rispettata.

Alla destra di Erica sedeva un guerriero Prillon che non avevo mai visto prima d'ora, ma lo stemma sul suo collare mi diceva che anche lui fosse un comandante.

Per gli dèi, forse era da anni che non si vedevano così tanti ufficiali tutti insieme al di fuori della sala della guerra di Prillon Prime. Tre comandanti, un Cacciatore d'Elite e un viceammiraglio?

Il Prillon stava ispezionando la mia femmina con sguardo intenso. Interessato.

"Perché non ci fornisci semplicemente i tuoi codici di trasporto, viceammiraglio?" La domanda del Prillon fu quasi un ruggito.

"Chi sei?" gli chiesi. Se ce ne fosse stato bisogno, avrei potuto tagliargli la gola ancor prima di avergli lasciato il tempo di appoggiarsi allo schienale della sedia. Uno dei principali vantaggi derivanti dall'essere un Cacciatore era la velocità. A differenza degli Atlan, io ero discreto, veloce e letale.

"Sono il comandante Zeus."

Chloe, Eric e Niobe si girarono all'unisono, tutte e tre visibilmente confuse. "Zeus?" La voce della mia compagna era più interessata di quanto non mi piacesse. "Come hai ottenuto quel nome?"

Il comandante le fece un cenno col capo. "Il mio secondo padre è un umano, viene da un posto sulla Terra chiamato Grecia. Mi ha chiamato così in onore di un dio umano che scagliava fulmini contro i suoi nemici."

Niobe sorrise, e così anche Chloe. "Affascinante. Tuo padre si chiama Crono?"

Zeus si accigliò. Anche io.

"Tuo padre è ancora in vita?" gli chiese. "Mi piacerebbe molto incontrarlo."

"No. Solo mia madre è ancora viva. Si trova su Prillon Prime, ben protetta nonostante la mia assenza."

Basta. "Comandante Zeus, perché ti trovi qui?" gli chiesi.

Il comandante Karter si schiarì la gola. "Il comandante Zeus ha preso il comando del Settore 438."

"La corazzata Zeus ha sostituito la Varsten," disse Chloe alla mia compagna come se Niobe sapesse a cosa stesse facendo riferimento. Sapevo per certo che era così. La Varsten era stata distrutta da una nave stealth dello Sciame, e le indagini riguardo la distruzione erano ancora in corso. Non eravamo stati in grado di rintracciare le rimanenti navi dello Sciame.

Ecco perché avevano richiesto l'intervento della mia unità di Cacciatori d'Elite. Ero stato su più pianeti controllati dallo Sciame, dentro più caverne e navi abbandonate di quante non volessi ricordarne. E non avevamo trovato nulla.

Niente piani. Niente voci di corridoio. Nessun indizio sulla provenienza della nuova tecnologia o di dove lo Sciame avesse intenzione di utilizzare un'altra nave stealth. Nessun'idea sul quando o il dove sarebbe arrivato il prossimo attacco mortale. Su quando la prossima corazzata sarebbe stata ridotta in polvere spaziale.

Il mio unico lavoro venendo prima sulla Karter e poi trasferendomi su Latiri 4 era stato di rintracciare quella minaccia. Scoprire più informazioni. Dare la caccia alla fonte, così che la Flotta potesse eliminare la nuova arma dello Sciame.

Avevo fallito. La mia unità aveva fallito.

Non solo avevamo fallito, avevamo condotto i Ricognitori dello Sciame dritti verso la base dove eravamo di stanza. Chiuso in quella cella, avevo avuto moltissime ore per pensare, ed ero giunto alla conclusione che lo Sciame ci aveva seguiti all'interno della base sotterranea, che fossimo noi i responsabili delle morti dei guerrieri della coalizione che erano morti cercando di difendere la base. Che ero il responsabile per tutti quelli che erano ancora lì, sottoterra, a soffrire.

La mia squadra di Cacciatori d'Elite.

In qualche modo, lo Sciame ci aveva rintracciati. Il predatore era divenuto la preda. E ci avevano abbattuti.

La mia unica possibilità per espirare le mie colpe era di salvare i sopravvissuti e poi staccare la testa del bastardo blu dal suo corpo.

"Concentriamoci sulla missione." Il suggerimento del viceammiraglio Niobe era un ordine, e tutti i presenti percepirono l'autorità nella sua voce. Drizzarono le schiene e i loro sorrisi svanirono.

Il cazzo mi si fece duro e dovetti sbattere le palpebre per

riuscire a concentrarmi sulle sue parole invece che sul suo soffice profumo femmineo che galleggiava in giro per la stanza.

"Il sistema di trasporto su Latiri 4 è sotto il mio controllo," disse Niobe. "Mi trasporterò insieme con la prima ondata di Signori della Guerra Atlan – che sarà guidata dal Signore della Guerra Zan – e coordinerò l'attacco dalla stanza di trasporto del Livello Tre."

"Non capisco, Niobe. Perché? Dovresti coordinare l'attacco da qui, dal ponte di comando, insieme al comandante Karter." Chloe le porse questa domanda e io gliene fui grato. Non comprendevo perché la mia compagna insistesse col voler partire col primo trasporto.

Niobe scosse il capo. "Il sistema di trasporto è collegato al mio DNA. O io parto con il primo trasporto, oppure non parte nessuno. Una volta arrivati, la stanza di trasporto resterà serrata fino a quando non inserirò i codici di autorizzazione nel sistema."

"Intrecciato al tuo DNA? Non sapevo fosse possibile." Il capitano Seth Mills, il compagno di Chloe, sospirò pronunciando quelle parole e si appoggiò allo schienale della sedia, le braccia incrociate sul petto.

Io avevo sentito parlare di questa cosa, ma non avevo mai visto nessuno usarla. Fino a quando Niobe non ci aveva salvati.

La mia compagna aveva bloccato il trasporto in modo che nessuno – letteralmente *nessuno* – potesse entrare o uscire senza il suo permesso. In base a quello che avevo sentito, anche il Prime Nial avrebbe avuto un bel grattacapo se avesse voluto provare ad annullare la serrata.

"Cavoli, ragazza. Sei una dura."

Erica, Lady Karter, sorrise sentendo le parole di Chloe,

ma non disse nulla. Avrei tanto voluto vedere il viso di Niobe. Era compiaciuta? Annoiata? Irritata? Aveva le spalle contratte, così come la mascella, ma questa era l'unica cosa che potevo vedere dalla mia posizione, in piedi dietro la sua sedia come una sentinella.

Non compresi il riferimento di Chloe. Chloe non era dura. Era perfetta. Formosa. Morbida. Estremamente femminile. Ma vedendo che la mia compagna che non protestava, e che la compagna del comandante Karter era divertita da quelle parole, non dissi nulla. Lo slang della Terra mi avrebbe dato non pochi problemi.

Il tempo passato da solo insieme a Niobe non era bastato. Le ore che avevamo condiviso erano preziose per me, ma volevo di più. Ne avevo bisogno. Lei aveva un passato, una storia a cui avevo dato a malapena un'occhiata e che eppure comprendevo. Era per metà Everian, ma le sue parole, il suo mondo, mi erano estranei. C'erano troppe cose sul suo conto che non sapevo o comprendevo, e io avevo bisogno di sapere *tutto*.

Le strinsi la spalla e lei, senza pensarci, sollevò la mano per intrecciare le sue dita alle mie. Bastò quello per farmi tornare al presente, ai piani di battaglia. A *lei*.

"Dopo aver ottenuto il segnale dei Signori della Guerra, eseguirò il trasporto dei Prillon," disse rimettendosi la mano in grembo. Il viceammiraglio era tornato. "L'assalto aereo dovrebbe fornire la necessaria distrazione per distogliere l'attenzione dello sciame e far confluire il grosso dei loro soldati verso i livelli superiori. Le squadre di estrazione avranno il compito di catturare gli ascensori e tenerli nel caso in cui ci serva un'uscita alternativa."

"Li conquisteremo, viceammiraglio. Te lo prometto," le assicurò il capitano Mills, e io gli credevo. Era un guerriero d'esperienza, forte e resistente, e tutti sulla Karter lo rispettavano. Ero qui da abbastanza tempo da saperlo.

"Bene." Niobe gli fece un cenno sul capo e indicò gli schemi del Livello Tre. "Nel frattempo, io mi trasporterò direttamente nel Livello Tre insieme agli Atlan. Zan guiderà un gruppo di guerrieri verso le celle. Il dottore ci ha fornito del gas K.O. Non sappiamo in che condizioni si trovino i prigionieri, quindi li anestetizzeremo tutti, gli schiafferemo dei dispositivi di trasporto addosso mentre sono svenuti e li trasferiremo direttamente sulla Colonia."

"La ciliegina sulla torta." Il comandante Chloe Phan allargò la mano sulla superficie traslucida del tavolo e osservò i grafici al di sotto.

Cercai quella parola, certo che la UNP, l'Unità Neuro-Procedurale che veniva impiantata a ogni membro della coalizione alla nascita, avesse avuto un malfunzionamento. La *torta* era un prodotto da forno della Terra. Che c'entravano i prodotti da forno umani con questa missione?

"Dove li troviamo tutti questi dispositivi di trasporto?" chiese Prax. Il Prillon era stato tra i pochi fortunati. Su Latiri 4 per meno di un minuto, un minuto speso per giunta tutto nella stanza di trasporto. Non lo avevano né integrato né torturato, ma sapeva cosa lo stesse aspettando. Volevo salvare quanti più commilitoni possibili. "La Flotta li custodisce come gemme preziose."

La mia compagna si mosse sulla sedia. "A quello ci penso io. Ho contattato Helion nel Q.C. dell'Intelligence e mi ha assicurato che tutti i dispositivi di cui abbiamo bisogno arriveranno sulla Karter nel giro di un'ora." Zeus, il nuovo comandante Prillon, si era messo a braccia conserte e stava guardando tutti in malo modo, compresa la mia compagna. Aveva il viso pieno di tagli, tra cui un piuttosto grande che non era ancora guarito del tutto.

Avevo sentito che i Prillon combattevano nell'arena e che sceglievano di non usare le capsule ReGen per guarire, scegliendo invece di portare addosso i segni della battaglia come se fossero delle medaglie al valore, una prova che si erano guadagnati il loro posto nella catena di comando Prillon. Era un'idea interessante, ma stupida. La lotta? Cazzo, sì. Io adoravo combattere. Ma non avevo nessun problema nell'usare una bacchetta ReGen per guarire. Non volevo che ci fosse niente a impedirmi di concentrarmi sul corpo della mia compagna invece che sul mio.

Non mi piaceva. Sembrava uno stronzo. Uno stronzo Prillon cocciuto e impettito.

La mia compagna si schiarì la gola. "Per quanto riguarda il Nexus, bisogna catturarlo vivo e portarlo da me. Non va ferito per nessuna ragione. Trovatelo e portatemelo. È un ordine. Ci siamo capiti'"

Tutti annuirono, ma io vidi la rabbia nello sguardo di Zan, la stessa rabbia che provavo io. Capivo gli ordini. Rispettavo la catena di comando anche se, tecnicamente, non facevo parte della Flotta della Coalizione – ero più come un appaltatore sotto contratto. Ma quello che mi stava chiedendo Niobe? Era impossibile. Il Nexus doveva morire.

"Deve morire, viceammiraglio."

Niobe si fece tesa sotto la mia mano e si sporse in avanti scostandosi dal mio tocco. "E così sarà, ma non su Latiri 4. Sono stata chiara?"

Risuonò un coro di sì.

I comandanti Karter e Phan annuirono.

Io non ero d'accordo, ma non avevo intenzione di mettermi a discutere. Non qui, davanti a tutte queste persone. Da solo, con il mio cazzo a fondo dentro di lei, avrei ottenuto ciò che volevo. Vendetta. Nel frattempo, avevo delle domande. "Che cos'è il gas stordente? E vuoi dire il *dottor* Helion? E che cos'è il Q.C.?" Un'altra parola umana che non capivo?

Il comandante Chloe Phan, un'umana, mi sorrise. Guardò la mia compagna negli occhi per un attimo e poi rispose alle mie domande. "Scusa, slang della Terra. Gas K.O. significa che farà svenire i prigionieri, permettendoci così di portarli via senza dove lottare. Q.C. significa semplicemente quartier generale. Sai, il Centro Comando."

Io sapevo cosa si provasse quando la fica di Niobe mi stringeva il cazzo. Sapevo che rumore facesse quando veniva. Sapevo quale fosse il colore dei suoi capezzoli, ma stavo cominciando a capire che non avevo le minima idea di chi realmente fosse.

8

N iobe, Stanza di trasporto, Latiri 4

CIRCONDATA DA VENTI GUERRIERI ATLAN, la metà dei quali si era parzialmente trasformata in bestia, non riuscii a vedere cosa accadde durante la prima ondata di combattimenti. Sollevai la mano d'istinto e provai a scansare il gigantesco guerriero.

Non ci riuscii. Si girò e mi ringhiò contro. Non si era trasformato del tutto, ma i suoi occhi erano troppo accesi. Era appeso a un filo... per proteggermi. Quindi tutta la sua ansia e la sua furia non erano rivolte verso di me.

"Non muoverti, viceammiraglio. Zan ci dirà quando è sicuro per te." L'Atlan che mi stava parlando era uno che non conoscevo, non che ciò avesse importanza. Si trovavano qui per salvare i loro fratelli Atlan, oltre al resto dei prigionieri che erano ancora in vita. Stando a quanto aveva detto Zan, la maggior parte dei prigionieri qui erano combattenti del Battaglione Karter. I loro amici. La loro famiglia. Per questi soldati non si trattava di una missione di estrazione come tutte le altre: questa volta era una faccenda personale. Io ero vitale per la loro missione. Ce li avevo portati io qui. Se non annullavo la serrata, nessuno avrebbe lasciato questo pianeta senza il mio permesso.

Sciame o Coalizione.

Prigioniero o guerriero.

"Le mie scuse," risposi con un cenno deferente del capo. "Ho lavorato per oltre dieci anni con i ReCon. È stato l'istinto."

L'Atlan annuì e si girò per guardare il corridoio. L'aria era carica dei rumori del combattimento. Feci un passo indietro e provai a restare paziente mentre le urla e il fuoco dei fucili a ioni filtravano verso di me attraverso i guerrieri che mi bloccavano la visuale. Non dei gran chiacchieroni, questi Atlan. Il che a me andava benissimo. Facevano quello che dovevano fare.

Un momento eravamo in piedi sulla piattaforma di trasporto a bordo della Corazzata Karter e quello successivo eravamo all'interno dell'ex base della Coalizione, sotto mezzo chilometro di solida roccia. Lì dove tutto era cominciato. Era tutto successo in un giorno?

Dio… Rachel e Kira avrebbero dato fuori di testa quando avrebbero scoperto tutto quello che era successo. Loro si aspettavano che io le chiamassi per informarle a proposito delle mie avventure erotiche. Oh, ce n'erano state, ma tutto il resto? Questo disastro? Totalmente inaspettato. E tutto era successo perché mi ero sottoposta al test ed ero stata abbinata a Quinn.

Ora eravamo tornati, ed eravamo in trappola. Intenzionalmente, perché lo Sciame non poteva scappare da nessuna parte, non con il sistema di trasporto che era stato bloccato. Li avevo intrappolati qui dentro, avevo bloccato le porte, le comunicazioni e i controlli di trasporto usando codici dell'Intelligence che non avevo mai pensato potessero tornarmi utili.

Non che ciò avesse importanza se il Nexus qui poteva comunicare con le altre unità Nexus usando un qualche collegamento telepatico, un sistema di trasmissione interno. Non c'era modo di saperlo, ed era per questo che il dottor Helion mi aveva comunicato dei nuovi ordini segreti un attimo prima che l'assalto iniziasse. Dovevo catturare il Nexus vivo – quello non era niente di nuovo. Ma poi aveva alzato la posta. Dovevo catturarlo vivo... a tutti i costi. Mi aveva informata, senza mezzi termini, che non importava quanti guerrieri dovessi sacrificare per riuscirci. Dovevo essere pronta a mentire, imbrogliare, rubare, uccidere o sacrificare la mia stessa vita per assicurarmi che il Nexus finisse vivo tra le mani degli scienziati dell'Intelligence. Ottenere quello stronzo blu era di vitale importanza per porre fine a questa guerra.

A parte questi ordini, Helion mi aveva inviato due dispositivi di trasporto direttamente nei miei alloggi. Nemmeno il comandante Karter sapeva che li avessi. Sapeva, certamente, che avevamo l'ordine di catturare il Nexus vivo. Ma non sapeva fino a che punto Helion fosse disposto a spingersi pur di catturarlo.

Sapevo che l'Intelligence voleva quel bastardo blu, ma quella comunicazione mi aveva scioccata. Non volevano semplicemente il Nexus, erano disposti a sacrificare la vita di centinaia di guerrieri pur di mettergli le mani addosso. *Da vivo.* Era questa la condizione. Doveva essere vivo, pienamente funzionante. Niente danni. Niente ferite. Come mi aveva detto Helion, "Senza nemmeno un graffio."

L'ultima volta che avevamo avuto una pista verso un Nexus era stato mesi fa sulla Colonia. Un fuorilegge Forsian di nome Makarios proveniente da Rogue 5 e una femmina umana che – a nostra insaputa – era stata alterata per divenire la compagna di una delle unità Nexus, erano svaniti a bordo di una nave rubata. Come se non bastasse, la Flotta non riusciva a rintracciarli. Apparivano e sparivano come fantasmi.

Dannati pirati e contrabbandieri di Rogue 5. Ero sicura che il pilota Forsian conoscesse tutti i nascondigli e le zone morte del sistema. Lui e la sua nuova compagna, Gwendolyn Fernandez, che veniva dalla Terra, per giunta, stavano usando quella nave per distruggere i piccoli avamposti dello Sciame. Uno dopo l'altro. Mi ricordavano il Millennium Falcon di *Star Wars*. Una nave in lotta contro il Lato Oscuro.

Avevo letto i rapporti. Non che non apprezzassi i loro sforzi, ma erano fuori controllo, lontani dalle redini dell'Intelligence, e il dottor Helion non approvava le teste calde o i soldati che non seguivano gli ordini. Una parte di me voleva fare i salti di gioia ogni volta che leggevo l'ennesimo rapporto su Gwen che creava guai là fuori. Ma il viceammiraglio dentro di me era d'accordo con il dottor Helion. Avremmo potuto fare così tanto se solo loro avessero deciso di coordinare i loro sforzi con i nostri.

Tutti i tentativi di comunicare con loro avevano ricevuto come risposta un'unica succinta affermazione.

Non ci faremo ingabbiare.

Non avevo dubbio che Helion li avesse rassicurati che non sarebbe mai successa una cosa del genere, avessero deciso di consegnarsi.

Cosa che, ovviamente, era una bugia. Li avrebbero ingabbiati e addestrati, per liberarli solo sotto lo stretto controllo del Centro di Comando dell'Intelligence e, con ogni probabilità, uno alla volta, così da poter assicurare obbedienza.

Il dottor Helion era spietato, ma comprendevo il suo ragionamento. Questa guerra non metteva a rischio un pianeta, una specie o un sistema solare. Si trattava di tutti noi. Quando quel fatto faceva pendere da una parte il piatto della bilancia, niente poteva riportare equilibrio nell'equazione. Non c'era niente che il dottor Helion non fosse disposto a rischiare o sacrificare per sconfiggere la minaccia dello Sciame. E ciò significava catturare il Nexus. Vivo.

Qualche altro centinaio di guerrieri dalla Corazzata Karter non erano niente per lui, per il successo generale di questa guerra infinita, non quando avevamo un Nexus a portata di mano.

"Pulito." Una voce profonda riempì la stanza con un ruggito e i cinque Atlan che avevano creato un solido muro protettivo attorno a me si scostarono e riuscii allora a valutare i danni.

Lo Sciame si aspettava un attacco. Invece dei tre Viken integrati a guardia della stanza di trasporto, sei guerrieri Prillon integrati giacevano sul pavimento attorno ai controlli del trasporto.

Non sapevo se fossero morti o svenuti, e non avevo intenzione di chiederlo. Avevo altre gatte da pelare. Dovevo sbloccare il trasporto nel Livello Uno, così da permettere a Quinn e al resto della squadra di assalto di entrare.

Mi controllai il polso. "Tre minuti all'assalto di terra."

L'Altan che si era posizionato di fronte a me ringhiò. "Avremo finito prima di allora."

Gli sorrisi. Non potei farne a meno. "Trova il Nexus e avvertimi immediatamente. Hai capito? Che nessuno lo tocchi senza la mia autorizzazione."

"Abbiamo sentito l'ordine, viceammiraglio." L'Atlan si trasformò davanti a me, facendosi più alto e più grosso, la sua mascella che si allungava e si inspessiva. Il suo sorriso si fece minaccioso. Terrificante. Lo ignorai.

"È mio. Spargi la voce. Se qualcuno lo tocca gli taglio le palle e me le appendo alla cintura."

La sua risata sguaiata rimbombò lungo il corridoio mentre io mi dirigevo verso il pannello di controllo e rimuovevo il blocco al trasporto del Livello Uno. Dovevo chiamare Karter. Sapevo che il mio compagno mi avrebbe ascoltato dalla sua posizione su una piattaforma di trasporto a bordo della corazzata. Preoccupato.

"Karter, qui è il viceammiraglio Niobe. Il trasporto tre è pulito. Recupero prigionieri in corso. Serrata Livello Uno rimossa. Potete eseguire il trasporto."

"Perdite?" La voce del comandante Karter era chiara. Controllata. Ma sapevo che non lo stava chiedendo per sé stesso, ma per il resto del suo equipaggio. Avevano dei familiari quaggiù. Figlio e compagni. Fratelli.

Sollevai lo sguardo su uno dei tre Atlan che erano rimasti a fare la guardia a me e alla piattaforma di trasporto. "Perdite?" gli chiesi.

Sollevò uno dei Prillon dal pavimento e lo mise sulla piattaforma di trasporto. "Nessuna fino ad ora. Ne stiamo salvando il più possibile."

C'era del dolore nella sua voce, una rassegnazione che comprendevo fin troppo bene. Avevamo perso tutti degli amici in questa guerra. "Zero vittime. L'operazione prosegue."

"Ricevuto. Iniziamo il trasporto verso il Livello Uno. Assalto aereo in arrivo."

"Ricevuto. Preparate la Colonia per i guerrieri in arrivo."

"In che condizioni sono?"

Come se *quella* non fosse una domanda tendenziosa. Ma Karter sapeva che non gli avrei mentito, che non avrei indorato la pillola. Guardai il terzo Prillon deposto sulla piattaforma. Era ricoperto d'argento dalla testa ai piedi. Tuttavia, il guerriero di fianco a lui aveva ben poco a testimoniare il tempo trascorso con lo Sciame. Giusto qualche innesto sugli avambracci. "Varie. Alcuni sono stati completamente integrati. Dite al dottor Surnen che forse non riuscirà a salvarli tutti."

"Ricevuto. Karter chiude."

"Niobe chiude." Guardai il controllo di trasporto fino a quando il gruppo di Quinn non giunse al Livello Uno. Avrebbero sgomberato l'area, e poi sarebbero risaliti verso il Livello Due. Gli Atlan si sarebbero occupati di portare via i prigionieri da questo livello, avrebbero fatto salire l'unico ascensore verso il Livello Due e ci saremmo incontrati da qualche parte a metà strada sul Livello Uno con la squadra d'assalto.

Questo era il piano.

L'unico problema era che non avevamo idea di dove si trovasse il Nexus – o di cosa fosse capace – e ciò poteva cambiare ogni cosa.

Feci cenno a uno degli Atlan di venirmi incontro e gli feci poggiare il palmo della mano sulla stazione biometrica per scansionare tutto il suo sistema nervoso. "Questo trasporto ora è tuo."

Gli altri due esitarono. Uno lasciò cadere l'ultimo dei sei

Prillon sulla piattaforma di trasporto. "Che fai, viceammiraglio?"

"Vi lascio il controllo di questa stanza. Devo andare a caccia." Forse era la mia immaginazione, o una pia illusione, ma riuscivo a sentirne *l'odore*. Il Nexus. Quando avevo liberato il mio compagno dalla cella che ora riuscivo a vedere al di là del corridoio, era stato ricoperto dal suo tanfo. In quel momento non sapevo cosa fosse quell'odore, ma quando Quinn mi aveva raccontato quello che era successo qui, avevo fatto due più due.

Anche Quinn gli avrebbe dato la caccia, assetato di vendetta. L'ordine di prendere il Nexus vivo era stato dato a tutti quelli che stavano partecipando alla missione, ma io conoscevo il mio compagno. Avevo visto l'istinto omicida nei suoi occhi, e non potevo biasimarlo. Non proprio. Quella creatura l'aveva torturato, aveva ucciso i suoi amici davanti ai suoi occhi. E Zan... non sapevo cosa avesse in mente quell'Atlan.

Il Nexus si meritava di morire, e sul campo di battaglia gli *incidenti* capitavano di continuo.

Ma non questa volta. E con l'odore del Nexus che mi riempiva la testa, sapevo che non era passato molto tempo dall'ultima volta che era stato qui.

Per la prima volta in vita mia mi sentivo come una vera Cacciatrice, un'Everian. Sentivo il sangue di mio padre che mi scorreva nelle vene, l'eccitazione della caccia che mi pompava nel corpo. Non temevo i miei doni. Non mi sentivo un mostro. Mi sentivo potente. Unica. Speciale.

Grazie a Quinn. Perché lui mi accettava per quella che ero. Mi desiderava pur senza sapere niente su di me. mi voleva. Mi aveva dato la *caccia*.

E per la prima volta in vita mia stavo cacciando con in

mente uno scopo. Avevo qualcuno da proteggere. Qualcuno che mi stava a cuore.

Qualcuno che amavo. Quinn.

Questa volta era una cosa personale.

Quel bastardo blu era mio.

9

Quinn, Base Sotterranea di Latiri 4, Livello Due

IL NEXUS ERA ACCUCCIATO di fronte a me, i suoi occhi neri e spenti impossibili da leggere. Non v'era nessuna espressione, nessuna reazione al dolore. Non telegrafò i propri movimenti, gli artigli che gli spuntavano dalle dita erano lunghi, ricurvi e affilati come una lama. Era veloce quasi quanto me, che ero un Cacciatore d'Elite.

Ma non esattamente.

Era per quello che dal taglio che aveva sulla guancia colava sangue blu scuro, un colore che mi fece sorridere mentre ci muovevamo lentamente in cerchio, fronteggiandoci. Avevo versato il primo sangue, e non avevo nessuna fretta di finirlo. Quest'uccisione era mia, e avrei fatto le cose con calma, così come lui aveva fatto con me. Aveva torturato i Cacciatori sotto il mio comando e mi aveva fatto guardare, mi aveva costretto a sentire le loro urla, mi aveva tenuto debole e indifeso nella mia cella mentre ammazzava dei bravi guerrieri con cui ero cresciuto. Con cui mi ero addestrato.

Erano miei fratelli, anche se non di sangue. I miei fratelli. La mia famiglia.

Un cerchio di silenziosi guerrieri ci circondava. Non c'erano esultanze, niente sfottò dagli altri guerrieri che si erano trasportati qui insieme a me. Non solo ero sopravvissuto alle sue torture, ma la mia compagna ci aveva liberati tutti. Se non fosse stato per la mia compagna, *la mia femmina*, il comandante Karter non avrebbe mai scoperto che lo Sciame aveva conquistato la base, e che ogni guerriero che eravamo tornati a salvare era perduto per sempre.

La mia compagna mi aveva regalato il diritto a questo momento, e i guerrieri intorno a me non mi avrebbero negato questa uccisione. Né avrebbero provato a fermarmi, nonostante gli ordini. Loro sapevano. Capivano.

Questo stronzo aveva torturato i *nostri amici*, la nostra *famiglia*.

Eravamo qui da meno di un'ora. L'attacco era stato rapido, era andato tutto alla perfezione. Eravamo arrivati insieme, guerrieri da retroterra differenti, ma tutti accumunati da un unico scopo. La missione era considerata un successo. Ogni soldato contaminato, integrato e catturato era stato inviato sulla Colonia o verso una stazione medica a bordo della Karter. Non invidiavo i dottori che ora dovevano decidere chi salvare e chi ormai era spacciato. Che dovevano guardare i corpi dei guerrieri che si disintegravano sul tavolo operatorio quando gli innesti dello Sciame venivano rimossi. Che dovevano dire alle loro persone care che non sarebbero mai più ritornati, che erano stati esiliati e che sarebbero stati costretti a vivere il resto delle loro vite su un pianeta roccioso lontano da casa.

Perché alcuni sopravvivevano agli innesti dello Sciame e altri no era, per quanto ne sapevo io, un mistero.

Questo bastardo blu di fronte a me probabilmente lo sapeva, ma a me non interessava parlargli. Volevo solo farlo sanguinare. Morire.

Sentii le porte dell'ascensore che si aprivano, e poi dei mormori, mentre i combattenti che si trovavano sugli altri livelli continuavano ad arrivare. Adesso c'erano almeno una dozzina di Atlan che ci stavano circondando, statue silenziose con un unico scopo – assicurarsi che il Nexus non si allontanasse da qui.

Se non lo uccidevo io, ci avrebbero pensato loro a farlo a pezzi.

L'Intelligence lo voleva vivo. Lo sapevamo tutti.

Ma questa era una cosa personale. Adesso lui era *nostro*. E sarebbe morto.

"Everian, perché sprechi tempo? I tuoi giochi sono inefficienti," mi domandò il Nexus con una voce priva di ogni emozione. Dubitavo che comprendesse le provocazioni, ma di questo si trattava. La sua pelle blu scura sembrava tenuta insieme da fili d'argento, un mostro legato da un filo scintillante. Solo che quel filo si *muoveva* come un serpente che si attorcigliava attraverso la sua carne. Era un movimento lento, misurato, leggero. Dubitavo che i non Cacciatori potessero notare i sottili mutamenti tra i vari assortimenti di blu che creavano l'apparenza di un viso, ma l'effetto toglieva via ogni speranza di normalità. Ce l'aveva *un viso*? O quel mosaico era stato creato per questa galassia, solo per noi? Che cosa si trovava al di sotto dell'uniforme e al metallo e alla strana carne blu?

Qualunque cosa fosse il Nexus, non era uno di noi, un'entità vivente, che respirava, con un'anima. Era *altro*.

La stranezza aumentò quando notai che, nonostante i cinque minuti di intenso sparring insieme a un Cacciatore d'Elite, il Nexus non era né affaticato né mostrava segni di sofferenza. Sanguinava, ma *sentiva* qualcosa? Gli importava di vivere o morire? Provava emozioni al di sotto di quell'orrido cranio blu?

"Ti ucciderò," dissi con tutta la calma di cui ero capace. Era un dato di fatto. Nulla di più.

"Anche ripetere le minacce è inefficiente." Sembrava veramente che non gli importasse di vivere o morire, e io non desideravo altro che farlo soffrire ancora di più. Ma avrebbe sofferto? Non lo sapevo, ma di certo ci avrei provato.

"E tutti i soldati integrati che hai perso oggi?" gli chiesi.

Se avesse potuto fare spallucce, l'avrebbe fatto. "Facilmente rimpiazzati. In questa parte dell'universo di organismi a base acquosa come i vostri ce ne sono in abbondanza."

Questa *parte* dell'universo? Cazzo. Lo Sciame si trovava anche nelle altre galassie? Fino a dove si estendeva la loro minaccia? Ogni pianeta aveva un nome diverso per la nostra galassia. La Flotta della Coalizione le aveva assegnato un numero. Ma per i combattenti come me, per gli innocenti che vivevano sui pianeti che proteggevamo, questa galassia era semplicemente la nostra casa. Lo spazio della Coalizione.

"Che cosa trovate nelle altre parti dell'universo?" Un fascino perverso mi fece esitare la mano. Stavo parlando con una delle menti dello Sciame, uno dei loro leader. Non ero più incatenato in una cella. Ora non ero uno dei suoi organismi a base acquosa."

"Abbiamo integrato una moltitudine di forme di vita."

Ma. Che. Cazzo? "Come ad esempio?"

Inclinò il capo come se stesse valutando la sincerità del mio interesse, o i motivi dietro la mia domanda. "Voi forme di vita primitive non sareste capaci di comprendere la complessità delle altre."

Forme di vita primitive?

Dèi, era malvagio, arrogante. E *lento*.

Mi mossi senza preavviso, regalando all'altro lato del suo viso uno sfregio gemello.

Alla fine si sarebbe ritrovato a sanguinare da centinaia di tagli.

E poi lo avrei ucciso. Sorrisi, strinsi lo sguardo, pronto a infliggergli altro dolore.

"Basta! Che sta succedendo qui?"

Mi bloccai e il Nexus girò la testa verso quella perfetta voce di femmina. La mia femmina. La mia compagna. Lo sguardo sul volto del Nexus mi fece raggelare il sangue. Non aveva paura. Era come se la stesse *aspettando*.

"Sta' indietro, Niobe. È pericoloso," gridai senza girarmi, non volendo staccare gli occhi di dosso alla preda. Non era tanto veloce quanto me, ma se non lo vedevo quando iniziava a muoversi, era impossibile bloccarlo. Anche ora che era circondato da tutti questi Atlan.

"Spostatevi," sbottò lei, e il cerchio di combattenti si aprì.

La mia compagna fece un passo in avanti per piazzarsi spalla contro spalla con due Atlan. Il mento sollevato, negli occhi uno sguardo che non le avevo mai visto prima d'ora.

No. Lo avevo già visto, subito dopo che aveva ucciso quei

tre Viken integrati, la prima volta che eravamo stati qui – subito prima che mi liberasse.

"Signori della Guerra, vi prego di prendere l'unità Nexus in custodia e di portarla da me."

"No. Niobe, no," le dissi.

I suoi occhi avvamparono di furia quando incrociò il mio sguardo. Ogni Atlan nel cerchio aveva risposto al suo ordine, chiudendosi attorno Nexus come un muro di potere alto tre metri.

Non sarebbe andato da nessuna parte.

E Niobe non mi avrebbe permesso di ucciderlo.

Mi girai e sorpresi lo sguardo di Zan e lo sostenni abbastanza a lungo da essere sicuro che comprendesse ciò che volevo.

Fece un flebile cenno col capo che mi disse che non solo lo sapeva, ma che era anche d'accordo. Potevo parlare con Niobe in privato, convincerla che quello di cui avevo bisogno – quello di cui tutti avevamo bisogno – era giusto. Il Nexus doveva morire. Ora. Di fronte a tutti i combattenti che aveva torturato. Di fronte ai guerrieri dei padri e dei fratelli che aveva ferito.

Zan prese il mio posto di fronte al Nexus mentre altri due Atlan gli bloccavano i polsi e le caviglie. Il nostro nemico venne legato e approntato per la consegna al viceammiraglio in meno di un minuto.

"Zan, tienilo lì," dissi.

"Sissignore." Non gli ero superiore di grado, ma non avevo un posto vero e proprio nella gerarchia della Coalizione. I Cacciatori d'Elite erano dei soldati speciali, avevano molto spazio di manovra riguardo quali ordini seguire e a chi fare rapporto.

Ma tale libertà non arrivata fino al livello di Niobe. Un

comandante? Sì, sotto le giuste circostanze. Un capitano?
Non me ne preoccupavo nemmeno.

Ma un viceammiraglio? E la mia compagna? Dovevo
convincerla a fare ciò che era giusto.

Le andai incontro e le dissi: "Possiamo parlare in
privato'"

Il suo sguardo si spostò dal mostro blu verso di me.
Annuì e mi condusse verso l'ascensore ancora aperto. Vi
entrò e chiuse la porta, chiudendoci dentro. Da soli.

Mi toccò il viso e mi ispezionò con un'intensità che non
avevo mai visto prima d'ora, nemmeno da un dottore. La sua
cura, la sua preoccupazione per il mio benessere era qualcosa di nuovo per me. Sì, avevo delle sorelle che mi infastidi-
vano e mi prendevano in giro, ma mai nessuna femmina mi
aveva guardato così.

Come se *importassi*. Come se fossi una parte importante
di lei.

Come se mi amasse.

Mi amava, Niobe? Il mio corpo avvampò dinanzi alla
possibilità, ma lo zittii. L'avevo incontrata soltanto poche ore
fa. Cazzo, tutto qui? Eppure, forse sì, forse mi amava. E se le
importava di me, mi avrebbe dato ciò di cui avevo bisogno.

Avevo bisogno di uscire di qui e uccidere quel cazzo di
mostro.

"Merita di morire, Niobe," affermai schiettamente, e il
suo sguardo si annuvolò, le sue mani si abbassarono.

"Sono d'accordo."

Sospirai. Grazie agli dèi."

"Bene. La discussione è finita. Lo finisco e ce ne
torniamo sulla Karter, dove potremo conoscerci meglio."
Volevo dire che l'avrei riportata sulla corazzata, avrei lavato
ogni centimetro delle sue curve e poi avrei conquistato il suo

corpo fino a farla crollare, esausta. Era quella la mia idea per la perfetta conclusione di questo folle giorno.

Scosse il capo. "No. Verrà con me al Centro di Comando dell'Intelligence."

Avevo cominciato a scuotere il capo ancor prima che lei avesse finito la frase, le mie mani si erano sollevate per avvolgere le spalle. "No. Lui è mio."

Il suo sguardo si assottigliò, e poi si abbassò lentamente sulle mie mani che la stringevano. "Cacciatore d'Elite Quinn, lasciami andare immediatamente. Non ti sarà permesso di toccare di nuovo quell'unità Nexus. Rimarrai su questo ascensore e ritornerai sul primo livello. Da lì tornerai sulla Corazzata Karter per essere punito per insubordinazione."

Mi fissò, e sentii il sangue che si raggelava.

Cazzo. Cazzo. Cazzo. Questa non era la mia compagna. Questa non era la donna che aveva avvolto il proprio corpo attorno al mio, che era venuta sul mio cazzo. Questa era un'agente dell'Intelligence, un viceammiraglio, un ufficiale della Coalizione che avrebbe potuto sbattermi in cella per quello che avevo fatto. Ma lei era d'accordo con me. Non capivo.

Tolsi lentamente le mani. "Niobe..."

Sollevò il mento. "Puoi rivolgerti a me come viceammiraglio. Porterò l'unità Nexus al Centro di Comando, così come ordinato dal Prime Nial in persona e poi, approssimativamente tra una settimana, farò ritorno all'Accademia. Ti consegnerai al comandante Karter per essere sottoposto a provvedimento disciplinare."

"No. Io. Niobe..."

Inclinò la testa da un lato e mi resi conto dei guai in cui

mi ero cacciato... ma non me ne importava. Non potevo – non volevo – parlare così a Karter o a un altro superiore.

Deglutii. "*Viceammiraglio*, il Nexus ha ucciso tutta la mia unità, e mi ha fatto guardare. Mi ha torturato per giorni. Ha ucciso migliaia di combattenti della Coalizione, e ancora più innocenti. Deve morire."

Agitò la mano e le porte dell'ascensore si aprirono. Non c'era pietà – né amore – cazzo, nessun sentimento nei suoi occhi quando il suo sguardo incrociò il mio. Era come se anche lei fosse un'unità Nexus. Come se le sue emozioni fossero sotto serrata. "Hai sentito gli ordini, Cacciatore. Non ho intenzione di ripeterli."

Uscì dall'ascensore e la folla di combattenti si aprì come se avesse agitato una bacchetta in grado di dividerli magicamente in due parti perfette. Si mossero in silenzio, togliendosi di mezzo e lasciandola avanzare verso il Nexus, che si trovava in ginocchio, le mani legate dietro la schiena, le caviglie bloccate, un sacco nero a coprirgli la testa.

Niobe non mi guardò nemmeno. Tirò fuori due piccoli dispositivi di trasporto dalla tasca, ne mise uno sul Nexus, uno su sé stessa e, un secondo dopo, svanirono entrambi. Il pavimento non vibrò; i peli non si rizzarono.

Zan era lì in piedi dove fino a pochi secondi prima c'era stato il Nexus, i pugni stretti, i muscoli del collo gonfi mentre cercava di tenere a bada la propria bestia.

Desiderava ucciderlo tanto quanto me, e la nostra compagna ce lo aveva negato.

No. Guardai la stanza piena di combattenti silenziosi, imbronciati. Mi resi conto che lo aveva negato a tutti noi. Fu solo quando entrai nell'ascensore, mi fermai, mi ricordai che mi aveva detto di tornare al Livello Uno e di trasportarmi sulla Karter per un *provvedimento disciplinare* che il mio cuore cominciò ad andare in pezzi.

La mia compagna... no, il viceammiraglio... no, la mia compagna mi aveva tradito. Ci aveva tradito tutti.

Avevo avuto meno di un giorno per conquistare il suo cuore, e avevo fallito.

Non solo mi aveva negato la vendetta; mi aveva abbandonato.

10

Quinn, Corazzata Karter, Mensa

"CHE CAZZO CI FAI QUI, CACCIATORE?" disse Karter venendomi incontro.

Ci trovavamo nella mensa al piano sotto al ponte di comando, in un tavolo nell'angolo più lontano. La stanza si era riempita quindici minuti prima con tutti quelli che avevano finito il loro turno e quelli che stavano mangiando subito prima di attaccare con il proprio. Una parete era piena di macchine S-Gen, un'altra di finestre. Guardando fuori, vidi l'universo, nero come la mia anima. Le stelle e le galassie si espandevano da una parte all'altra, ricordandomi che la mia compagna era là fuori, su una di quei granelli bianchi e brillanti. Anni luce da me.

Il clangore dei piatti e delle posate fecero da sfondo al comandante Karter. Inalai il profumo di centinaia di pasti, ma non quello della mia compagna. Non si trovava a bordo della corazzata. Lo sapevo, non solo perché l'avevo vista andare da Latiri 4 a... da qualche parte insieme a quello stronzo blu, ma perché non riuscivo a sentire il suo odore. Non udivo il suo respiro, il battito del suo cuore. Non la percepivo.

Se n'era... andata. Era passata una settimana dalla fine della missione presso la prigione dello Sciame. Da allora, la Coalizione si era ripresa il territorio vicino la base e l'aveva separato. La base era sparita, e così anche la mia ragione per trovarmi in questo settore.

Le cose era accadute velocemente. La vita non si fermava. Ma io sì. La mia compagna se n'era andata da una settimana, cazzo. Senza nemmeno una parola. L'avevo conosciuta per più o meno sette ore... e niente. La mia vita era stata sconvolta.

"Quindi?" mi chiese Karter tirando fuori una sedia e accomodandosi di fronte a me. Tre soldati di basso livello seduti al tavolo dietro al nostro finirono i loro pasti e se la diedero a gambe. Chiaramente non gli piaceva il tono nella voce del loro comandante.

Loro non avevano di che preoccuparsi. Era rivolto a me.

Un dottore con un'uniforme verde ci venne incontro e diede a Karter un tablet. Karter lo adocchiò, annuì, e il maschio se ne andò senza dire nemmeno una parola.

"È quello che gli ho chiesto un'ora fa," gli disse Dorian, il pallido Prillon compagno del comandante Chloe Phan. "È un po' che è furibondo."

Avevamo finito di mangiare; il tavolo era pieno di vassoi e piatti sporchi. Zan e Zeus erano andati a prendere da bere. Anche se il consiglio di Everis mi aveva dato il permesso di lasciare la Karter e passare a una nuova missione, non mi ero preso il disturbo di controllare, di valutare le opzioni a mia disposizione.

Non mi importava guadagnare altri soldi. Ero già ricco. La mia famiglia, i miei fratelli, le loro compagne, i miei nipoti non avrebbero avuto problemi con quello che avevo già guadagnato durante questa guerra. Ero un'Elite, e non eravamo economici.

Ma la verità era che non volevo andare da nessuna parte, non da solo. Non senza di *lei*.

Zeus sbatté un grosso bicchiere di alcol sul tavolo, un liquido scuro e piccante preparato su Everis. Gli altri stavano sorseggiando una pallida bevanda alcolica di Prillon Prime. Dorian si stava bevendo una cosa chiamata *birra*. Una bevanda della Terra che doveva piacere alla sua compagna e a Seth, l'altro maschio nel loro terzetto Prillon.

Stravaccato sulla mia sedia, avevo le braccia incrociate sul petto, il bicchiere mezzo vuoto tra le dita. Avevo le gambe distese davanti a me, e senza dubbio dovevo sembrare più rilassato di quanto non fossi. Ora capivo come doveva sentirsi un Atlan quando veniva separato dalla propria compagna. Come se gli mancasse una parte del suo essere. Io non avevo i loro bracciali. Non avevo i collari dei Prillon. Mi sentivo solo come se mi mancasse l'anima.

Non riuscivo a respirare, cazzo.

E tutto questo dopo aver conosciuto ed essere stato con Niobe solo per... cazzo, meno di un giorno? Ero fottuto.

"Sono passati giorni dalla battaglia, e si è comportato così per tutto il tempo. Ha detto a malapena una parola," disse Zan, la voce profonda.

"Tu non dovresti stare sulla Colonia?" gli chiesi. Se aveva intenzione di versare acido sulle mie ferite, allora io avrei fatto lo stesso.

"Parto domani, Quinn. Ma il Prime Nial ora permette ai contaminati di tornare a casa." La sua voce era carica di rassegnazione, non di speranza. Eppure, era un bravo guerriero. Un amico.

"Scusami, Zan. Mi sto comportando da stronzo. Quindi, dove andrai? A casa?"

Fece spallucce, un movimento leggero che mascherava una montagna di dolore. "No. Lì avranno tutti paura di me, nonostante il divieto ormai sia stato rimosso. Mi sentirei fuori posto, e dubito che ora verrò abbinato. Non ridotto in questo modo." Indicò il proprio corpo.

"Ho sentito che non ci sono moltissime femmine sulla Colonia. Se è una compagna quella vuoi, dovresti andare a casa, su Atlan," gli disse Zeus, il comandante Prillon. "Che si fottano quelli che hanno paura di te. Lascia che ti temano."

Zan scosse il capo e, invece che rispondere, bevve un altro sorso del suo drink. Nessuno di noi insistette. Questa era la sua vita, ciò che ne rimaneva. E quando si trattava di farsi ossessionare da una femmina, era meglio che tacessi.

Non sapevo cosa avrebbe fatto. Aveva dimostrato il proprio valore ritornando su Latiri 4, ma era *integrato*. Pesantemente. *Sarebbe* dovuto andare sulla Colonia. Era quello il protocollo. Con le nuove regole del Prime Nial, ora non doveva farlo per forza. Karter non l'avrebbe costretto a farlo. Ma Zan si sarebbe trovato meglio sulla Colonia, insieme ad altri che comprendevano la sua nuova vita? Oppure faceva meglio a tornare su Atlan e correre i suoi rischi lì?

Non sembrava che Karter lo stesse esortando a trasportarsi. Ma, a quanto pareva, lo stava facendo con me.

Io rispettavo il comandante ma, in questo momento, non

è che mi piacesse granché. Erano giorni che mi rompeva le palle.

Karter mi diede un calcio alla sedia e io mi morsi la lingua per impedirmi di rivolgergli un avvertimento. Tecnicamente, non ero sotto il suo comando. Ma sapevo che era meglio evitare di insultare un comandante Prillon sulla sua cazzo di nave. "Lasciami stare. Sto bene."

"Praticamente ha smesso di parlare da quando il viceammiraglio ha lasciato Latiri 4 insieme al Nexus," gli spiegò Zeus. Come se ci fosse bisogno di un riassunto. Lo sapevano tutti quello che era successo. Dorian non era entrato nella base sotterranea, eppure anche lui lo sapeva. Questi combattenti erano un mucchio di femmine che non facevano altro che blaterare e spettegolare. "Giorni fa."

Sospira.

"Esattamente," sbottò Karter. Aveva le spalle tese, lo sguardo accorto. Ma si rilassava mai? "Come ho detto, che cazzo ci fai qui?"

Al che si avvicinò Seth e gli diede un drink. Karter lo ringraziò con un cenno del capo e bevve un sorso mentre Seth si sedeva di fronte a me. Cinque guerrieri della Coalizione seduti attorno a me, che bevevano e mi guardavano. Che mi esortavano a palesare loro i miei pensieri, i miei sentimenti.

Ma che diavolo era, una sessione di terapia di gruppo?

"Comandante Karter," disse una voce proveniente dal dispositivo di comunicazione che portava al polso.

"Dì pure," disse lui sollevando il braccio per parlarci dentro.

"I dati che ha richiesto da Prillon Prime sono arrivati."

"Inviameli," rispose lui.

"Affermativo."

"Mi dispiace, comandante, ma a quando pare l'interro-gatorio non funziona con questo stupido Everian," disse Dorian quando Karter ebbe chiuso la comunicazione.

Dorian voleva allettarmi con l'umorismo, uno sfottò a cuor leggero atto a farmi parlare. Karter stava facendo l'opposto.

Buttai giù il mio drink. Era il secondo. Non bastava a farmi ubriacare, cosa che volevo fare, e quindi potevo crogiolarmi nella mia rabia. Quanti maschi di questa galassia avevano visto la propria compagna che se ne andava dopo il loro primo giorno insieme?

Karter sospirò. "Va bene. Faremo diversamente." Tirò fuori la pistola a ioni dalla fondina che teneva attaccata alla coscia e me la puntò contro. Seth scostò la sedia per allonta-narsi dalla linea di fuoco – ma senza smettere di ridere, il bastardo.

Vidi che la pistola era stata impostata sui proiettili stor-denti. Alzai gli occhi al cielo.

"Parla o ti stordisco e ti porto dal dottor Moor per farti fare la terapia."

Strinsi gli occhi fissando il leader del battaglione. "Giochi sporco," risposi.

"Non osare tirar fuori la tua velocità di Cacciatore e scappare in un battibaleno. Sono veloce a sparare. Ho sentito che il dottor Moor ha un divanetto su cui puoi distenderti. Dice che aiuta i pazienti a rilassarsi mentre condividono con lui le loro emozioni." Un lento sorriso si espanse sulla faccia di Karter. "Parla.

La mensa si stava facendo tranquilla, le conversazioni si erano ridotte a bisbigli e nessuno ormai mangiava più. Non riuscivo a sentire nemmeno una forchetta che grattava un piatto. E io sentivo tutto, se volevo. Dubitavo che tutti si fossero fermati per ascoltarmi mentre mettevo a nudo la mia anima. Ma aspettare per vedere se il loro comandante aveva veramente intenzione di spararmi? Intrattenimento di altissimo livello.

"Comandante," disse qualcuno.

Karter sollevò la mano libera e la agitò in aria, ma senza distogliere lo sguardo. Non aveva bisogno di aiuto.

Sospirai. "La mia risposta alla tua domanda è: sto lavorando."

"Perché non sei insieme alla tua compagna?" rispose lui.

"Se ricordi bene, la mia compagna ha lasciato Latiri 4 insieme al Nexus."

Il Nexus che aveva assassinato i miei amici, che li aveva torturati di fronte ai miei occhi, che mi aveva costretto a sentire le loro urla. Ero sicuro che quello stronzo blu avesse anche lavorato sugli innesti di Zan, ma non mi girai verso di lui. Non era di lui, che si trattava.

"Non l'ha ucciso, non ha posto fine alla sua esistenza. Avrebbe dovuto lasciare che lo uccidessi, così che la vita di nessun altro potesse essere distrutta da lui o dai suoi tirapiedi," proseguii. "Lo ha portato... in qualche base dell'Intelligence. Gli ha salvato la vita."

"Sei incazzato per la tua compagna ha salvato la vita del Nexus?" mi chiese Karter. Non aveva abbassato l'arma. Non ancora.

Mi sporsi in avanti e poggiai il bicchiere sul tavolo. "Dovevo ucciderlo io. Mi controllava. Controllava tutti i prigionieri che erano passati per quella base."

Le mie orecchie sensibili captarono il basso ruggito di Zan, e capii che era la bestia dentro di lui. Anche lui voleva vedere il Nexus morto. Lo avevo guardato negli occhi e lo avevo capito.

"E tu pensi di poter controllare Niobe?" mi chiese Karter.

Girai la testa di scatto e lanciai un'occhiataccia a Karter. "È la mia compagna!"

"È anche un viceammiraglio."

"È la mia compagna," ripetei con voce profonda, lenta, come se ciò potesse aiutarli a capire. "Voglio prendermi cura di lei, non voglio controllarla." Era coraggiosa, orgogliosa e perfetta. Non volevo cambiarla, volevo solo che lei mi permettesse di prendermi cura di lei, anima e corpo. Aveva bisogno di sfogarsi. Aveva bisogno di lasciarsi andare. Aveva bisogno di un posto sicuro dove potersi arrendere al mondo... e a me.

"Così dici tu. Ed essendo il suo compagno, vedi una parte di lei che è nascosta a tutti gli altri."

Karter si era recentemente unito a Erica, assieme al suo secondo, Ronan. Seth e Dorian avevano Chloe. Entrambe donne della Terra. Entrambe un po' come Niobe, a causa della cultura che condividevano.

"La tua compagna resta qui sulla corazzata insieme a te. Non è una combattente."

Karter scosse il capo, abbassò l'arma poggiandosela sulla coscia, ma senza rinfoderarla. "No, non fa parte della Coalizione così come tutti qui a questo tavolo. O come la tua compagna. Ma ora è Lady Karter. È responsabile per tutti quelli all'interno del battaglione che *non* combattono. È l'ufficiale civile di più alto rango del battaglione, e si prende cura di me."

Un compito importante, pieno di responsabilità. C'erano moltissime persone di cui prendersi cura. Donne. Bambini. Il comandante.

"Tu vuoi che Niobe resti al tuo fianco, al sicuro," mi disse

Seth. Guardò Karter, poi afferrò il proprio bicchiere, assicurandosi di non beccarsi una pistolettata mentre lo faceva. "Vuoi che sia con te, dove puoi vederla, così che tu possa proteggerla."

"Ma certo." Guardai tutti i maschi. "Non potete biasimarmi. Fa parte della nostra natura."

"No, Quinn. *Controlare* fa parte della nostra natura." Tutti guardarono Dorian, seduto dall'altra parte del tavolo. "La nostra compagna è un comandante. Chloe lavora per l'Intelligence. Pensi che sia facile per noi lasciarla andare in missione, permetterle di lasciare non solo noi, ma anche due bambini?"

"E come la gestite la cosa?" gli chiesi. "Chloe era presente durante la riunione prima della missione. Aveva il controllo, proprio come Niobe. Voi due eravate lì, glielo avete permesso. Le avete permesso di andare in battaglia contro lo Sciame."

Sogghignò e guardò Seth. "Non le abbiamo *permesso* di presenziare alla riunione. Non le abbiamo *permesso* di andare in battaglia. Lo hanno voluto i suoi superiori. La tua compagna è la superiore di tutti quanti, qui. Diamine, è la più alta di grado all'interno dell'intero battaglione."

Seth sospirò e scosse il capo. "Noi siamo due capitani. Chloe è un comandante. Ci è superiore di grado, così come la tua compagna. Sarà anche nostra, ma appartiene anche alla Coalizione. *E* all'Intelligence."

"Loro mica se la scopano."

"Sta' attento," mi avvertì Karter.

Seth sollevò la mano. "No, non c'è problema. Capisco cosa intende." Mi guardò. "E hai perfettamente ragione. La Coalizione e l'Intelligence posseggono il comandante Phan al di fuori degli alloggi. Ma dentro? Dentro lei è nostra, e questo lei lo sa. *Ha bisogno* che siamo noi a comandare."

"Avete i collari. Ovviamente sa quello che volete."

Dorian scosse lentamente il capo. "Quando si mette in ginocchio per noi, quando freme di piacere ogni volta che le diamo un ordine, non abbiamo bisogno dei collari per sapere che ci sta cedendo il controllo."

"O che quella resa dona piacere a tutti e tre." Seth si toccò il collare, poi si alzò. "È ora di andare a vedere la nostra compagna."

Dorian sogghignò. "Subito."

Se ne andarono senza dire nulla. Non erano dei Cacciatori e non si muovevano velocemente, ma non persero tempo. Senza dubbio la nostra conversazione li aveva resi *ansiosi* di vedere la loro compagna.

"Io non ho nessuna compagna," disse Zen. "Mi sono sottoposto al test solo di recente, e ora sto aspettando. La mia compagna è là fuori. Da qualche parte. Mi sento già possessivo, anche se non so *chi* sia, o dove si trovi. Capisco la tua preoccupazione." Poggiò i suoi enormi avambracci sul tavolo. "La mia bestia no, la mia bestia vuole perlustrare la galassia per andarla a cercare. Ma, come ho detto, guardami. Dubito che ora verrò abbinato a qualcuno." Fece una pausa e rediresse la conversazione verso di me. "Tu ti sei sottoposto al test?"

Annuii.

"Ricordati, il test dà a ognuno la compagna di cui ha bisogno, non la compagna che pensi di volere," disse.

Un membro dello staff di ingegneri si avvicinò al tavolo e diede un tablet a Karter. Sembrava che il leader non avesse mai un attimo di tregua. "Non tre. Solo due."

L'ingegnere acconsentì, qualunque fosse l'argomento di cui stessero discutendo, poi si prese il tablet e se ne andò.

Karter non riusciva nemmeno a godersi un drink nella mensa. Ma la sua femmina, Erica, lo accettava lo stesso. Lo amava. Gli apparteneva.

Non c'erano dubbi sul fatto che Niobe fosse la mia compagna. Ripensai alla connessione istantanea. Al calore. Al modo in cui il suo corpo aveva preso vita sotto le mie mani, a come la sua mente si era azzittita quando avevo preso il controllo. A quanto fosse perfetta.

"Sta facendo il proprio lavoro," disse Karter finalmente mettendo via la pistola e buttando giù il proprio drink. "Non ha portato via il Nexus solo per ferirti. Era il suo lavoro. Consegnarlo agli scienziati dell'Intelligence potrebbe significare... la salvezza per migliaia di combattenti della Coalizione. Le sue decisioni non sono personali. Sono determinanti. Complicate. Difficili."

"Non mi ha contattato. Per sette giorni, cazzo."

"Ho una nipote di tredici anni su Atlan," disse Zan. "Non so come sia possibile, ma sei tale e quale a lei."

"Fanculo, Zan."

Si mise a ridere. "Smettila di piagnucolare."

Gli lanciai un'occhiataccia.

"Sono stato qui per cinque minuti e mi hanno interrotto tre volte," disse Karter. "Ecco com'è la mia vita. Il mio tempo viene costantemente reindirizzato verso cose che non sono Erica. Come ad esempio avere a che fare con te, patetico come sei. La compagna di un comandante certe cose le capisce. *Erica* le capisce."

"Sì, ma lei è femmina."

Le emozioni si assentarono dal suo viso e tirò fuori di nuovo l'arma. Questa volta me la diede, l'impugnatura rivolta verso di me. "Ecco, prendila. Sparati ora prima che qualche femmina ti senta dire certe cose."

Zeus grugnì. "Meno male che la tua compagna non è su questa nave. Se è veramente un'Everian, avrebbe sentito queste parole da qualsiasi angolo della nave e sarebbe piombata qui ancor prima che tu potessi dire 'mi dispiace'."

"Sei un cretino," aggiunse Zan sollevando le sue spalle muscolose.

"Non sto sminuendo le donne," dissi spingendo via la pistola e sollevando le mani. "Sono più intelligenti, più astute e piene di risorse di noi. Diamine, una femmina Atlan potrebbe spezzarmi a metà."

Annuirono.

"Ma noi siamo maschi. Proteggere e possedere fa parte del nostro DNA, cazzo. Avere il controllo."

Si zittirono tutti e tre per un momento. Non mi risposero, e quindi dovevano essere d'accordo con me.

"Dubiti delle abilità in battaglia della tua compagna?" chiese Karter, la testa inclinata da un lato.

Ripensai al modo in cui aveva tirato me e gli altri prigionieri fuori da Latiri 4, pur essendo completamente impreparata. Si era aspettata di trovare un compagno che la aspettava, non lo Sciame, cazzo. Il suo coinvolgimento nel portare a termine la missione. Era stata incredibile.

"No."

"Allora devi lasciare che combatta. Che faccia il proprio lavoro," disse Zeus.

"Cacciatore, il problema qui non è Niobe," dichiarò Karter. "Sei *tu*. Hai una compagna. Tira la testa fuori dal culo. Devi scendere a compromessi."

"Compromessi," risposi, come se non avessi mai udito quella parola prima d'ora. "Come ci riesco?"

Karter si alzò e mi diede una pacca sulla spalla. "Lascia che faccia il viceammiraglio."

Ma che diavolo voleva dire? "E?"

"Lei ti sta dando l'opportunità di essere quello che sei. Un Cacciatore."

Ero ancora confuso. Zeus, il Prillon, sbatté l'enorme pugno sul tavolo. "Per essere un Cacciatore d'Elite, non sei molto sveglio."

Mi girai per rivolgergli un'occhiataccia. "Sono disposto ad affrontarti qui e ora, Prillon."

Ebbe il coraggio di mettersi a ridere. "Sei troppo lento per acchiappare una femmina che vuole farsi prendere. Non sei degno della sfida."

Ma che stava dicendo? Cos'era che non riuscivo a vedere?

Grazie agli dèi, ci pensò il comandante Karter a mettere fine al mio tormento. "Che cos'è che un Everian ama sopra ad ogni altra cosa?"

"La caccia." Ce l'avevamo nel sangue. Nel DNA.

"E allora perché non sei a caccia?" mi chiese.

Allora capii, e il mio corpo riprese vita. Karter mi diede una pacca sulla spalla, questa volta un po' troppo forte.

"Ora come ora, sei stato congedato da questa corazzata. Puoi tornare su Everis, assegnare una nuova missione, o..."

"O?"

Sorrise. "Puoi dare la caccia alla tua compagna. Perché pensi che non ti abbia contattato?"

Fissai il comandante fino a quando non capii. La mia compagna era Everian. Anche lei aveva i suoi istinti. E una femmina Elite dal mio mondo non aveva bisogno di essere corteggiata... ma *catturata*.

11

*V*iceammiraglio Niobe, Accademia della Flotta della Coalizione, Zioria, Una settimana dopo

TANTI SALUTI AI COMPAGNI PREDESTINATI.

Non diedi voce a quel pensiero. Circondata com'ero da ambasciatori e comandanti della Coalizione, non era di certo il momento giusto per rimuginare su un certo sexy Cacciatore Everian. Né avrei dovuto spendere gli ultimi giorni analizzando nel dettaglio ogni momento passato insieme a lui, chiedendomi se avessi veramente dovuto sacrificare la mia felicità per il dovere. Perché, ora, provavo dei normali sentimenti da ragazza? Io non avevo tempo per certe stronzate.

Eppure, pensavo. Valutavo. Ora come ora, sembrava che la risposta al sacrificio fosse un sonoro sì. Il che non mi stava aiutando per niente a concentrarmi su questa riunione.

La mia riunione.

Merda.

I cadetti erano ritornati al campus il giorno prima e si stavano riabituando alla vita dell'Accademia. Mentre loro approntavano uniformi, tablet e armi per i mesi di lezioni e addestramento che li aspettavano, lo staff stava discutendo da un'ora. I trentaquattro istruttori, dodici comandanti militari dai vari pianeti e due rappresentanti della versione del Prime Nial di un gabinetto presidenziale erano presenti, e avevamo sbrigato meno di un quarto del da farsi.

Ci riunivamo due volte l'anno. I comandanti militari aggiornavano gli istruttori dell'accademia con quello che vedevano sul campo, raccomandando modifiche ai protocolli di addestramento e ottenendo informazioni dai consiglieri militari più vicini al Prime Nial riguardo quello che sarebbe probabilmente successo. Di quando in quando, un comandante o uno scienziato dell'Intelligence si faceva vedere per fare una dimostrazione di una nuova arma o di un progresso nella tecnologia.

Questo incontro durava diversi giorni, nessuno dei quali era breve. Ogni argomento era importante. La tradizione era importante, ma dovevamo adattarci al cambiamento, a quello che lo Sciame usava contro di noi.

Io ero la moderatrice e dovevo presentare dei dati sui risultati degli addestramenti dei precedenti cadetti. Ognuno degli istruttori avrebbe condiviso con il resto dei partecipanti le scoperte relative alle loro specifiche aree di lavoro. Il ero al comando, ma non mi occupavo di micro-management. Ognuno aveva i propri compiti, i propri obiettivi, e ci si aspettava che li raggiungessero. Se non ci riuscivano, questa riunione serviva a capire il perché. L'argomento attuale riguardava le impostazioni di stordimento appropriate durante le simulazioni di guerra. Era importante che i cadetti venissero storditi, che sapessero cosa si provava e come dovevano reagire, ma il limite tra il successo e l'inabilitazione era sottile. Ascoltavo, ma la conversazione mi turbinava intorno.

Dire che fossi distratta sarebbe stato un eufemismo. Era da quando ero tornata che mi sentivo persa. Non riuscivo a concentrarmi. Non riuscivo a trovare la motivazione giusta. La colpa non era della pausa. Non era perché ero andata sulla Colonia per visitare Kira e Angh. Non era perché avevo fatto parte di una squadra che aveva smantellato una prigione segreta dello Sciame e aveva consegnato un Nexus – vivo – all'Intelligence. No.

Quelle erano state tutte cose semplici. Si trattava di Quinn. Quinn mi aveva completamente incasinata. Forse il sesso e gli orgasmi mi avevano fritto il cervello: ne volevo di più. Costantemente. Non era che mi fossi unita a tre Viken e fossi entrata in contatto con il potere del loro seme. Dio, se quello riusciva a rendere una donna ancora più arrapata di quanto non fossi io, mi dispiaceva per lei. Mi ero toccata, ero venuta sotto la doccia almeno una volta al giorno. E un'altra volta a letto, prima di girarmi dall'altra parte e provare a dormire. Ero una schiava degli orgasmi. E perché? Perché riuscivo a sentire la voce di Quinn nella mia testa. *Quando hai quell'uniforme addosso sei il viceammiraglio. Ma senza? Sei mia.*

Mi contorsi sulla sedia. In modo sobrio, così che nessuno se ne accorgesse. Non era la prima volta. Avevo un compagno. Ma io mi trovavo su Zioria e lui era a bordo della Corazzata Karter. O così pensavo. Era passata una settimana. Una settimana! Ma dove diavolo era finito?

Portargli via l'unità Nexus era un gesto tanto imperdonabile? Era un Cacciatore. Un Elite. Sapeva cosa ci fosse in gioco.

E se non era così, allora tutta questa faccenda era ancora
più deprimente. Se non si trattava del Nexus, si trattava
semplicemente di me.

Glielo avevo detto. Gli avevo *detto* che non potevo essere
ciò che lui voleva. Va bene, nemmeno lui voleva dei figli.
Ottimo. Un problema di meno. Ma io facevo parte dell'Intelligence, una cosa che lui aveva appreso alla svelta quando
avevo dovuto portare l'unità Nexus nel Centro di Comando
invece che lasciare che lo ammazzasse. Dio, avrei voluto che
lo facesse a pezzi, quel mostro blu. Io stessa volevo uccidere
l'unità Nexus per tutte le torture e il dolore che aveva inflitto
al mio compagno. Nessuno poteva fare una cosa del genere
al mio compagno.

Gli ordini erano ordini, e questa guerra era decisamente
più grande della tortura di un singolo Cacciatore. Più
grande di qualche dozzina di combattenti della Coalizione
integrati in quella base. Per Quinn – e per me – questa unità
Nexus era un nemico personale, il che rendeva tutto più
difficile, ma portarla dal dottor Helion così che lui potesse
analizzarla avrebbe potuto salvare migliaia di Cacciatori in
più. Milioni di persone. Eppure, comprendevo il desiderio
di vendetta di Quinn, il bisogno di porre fine alla sua
esistenza.

La necessità dell'Intelligence di studiare e sconfiggere lo
Sciame sostituiva il bisogno di giustizia e vendetta d'un
singolo Cacciatore d'Elite.

Essere un viceammiraglio soverchiava tutto quanto nella
mia vita, compreso l'avere un compagno. Mi guardai
intorno: ero superiore di grado a tutti i presenti. Prendevo
ordini dal comando dell'Intelligence e dal Prime Nial in
persona. C'erano alcuni ammiragli con un rango superiore
al mio, ma di solito si trovavano lontani da qui, o in prima

linea o su Prillon Prime per lavorare nel consiglio di guerra. E a questa guerra non gliene fregava un cazzo che io ora avessi un compagno. Non gliene fregava un cazzo che Quinn fosse di stanza ad anni luce da me. Non potevo lasciare il mio lavoro, non quando la posta in ballo era così grossa. Non potevo alzarmene e andarmene, raggiungere qualche colonia vacanziera e stare a letto con Quinn fino a quando nessuno di noi riuscisse più a camminare.

Dio, sarebbe stato incredibile. Mi contorsi un altro po'.

La conversazione riguardo i settaggi dei colpi stordenti finì e passammo alla prossima voce della scaletta. Uno dei rappresentanti da Prillon Prime parlò di un programma per i cadetti migliori dell'accademia che si sarebbe tenuto a metà semestre. Una finta battaglia a bordo della Corazzata Zeus.

Di nuovo, mi ritrovai a smorzare le voci, chiedendomi se il mio abbinamento fosse stato veramente solo un'avventura di una notte. Perché era tutto quello che avevamo avuto. Diamine, non era stata nemmeno una notte. Era stato un giorno. Meno di un giorno. Sei ore passate a scopare e a mangiare e a parlare e a scopare un altro po'.

"Cosa ne pensi, viceammiraglio?"

Sbattei le palpebre e fissai il guerriero Prillon che si aspettava chiaramente una risposta. Tutti gli occhi erano puntati su di me. guardai il mio tablet, gli appunti che erano stati generati e registrati in modo uditivo. Il mio cervello elaborò le informazioni alla velocità della luce. "Cinque femmine, cinque maschi. Due sessioni, non una. Per la battaglia, abbassare il grado di stordimento a tre e assicurarsi che i video vengano inviati al Centro Intelligence. Sono sempre alla ricerca di nuove reclute."

Il guerriero Prillon annuì, apparentemente soddisfatto della mia risposta.

"Ora il programma prevede..."

"Essere presentato al gruppo."

Mi girai verso la voce. *Quinn.*

Bisbigli eruttarono lungo il tavolo di fronte all'interruzione. Al volto sconosciuto... per loro. Per me, era un volto che conoscevo molto bene. Ricordavo i lunghi capelli color del grano, la mascella volitiva, gli occhi che sembravano in grado di guardarmi nell'anima. Il naso romano, le labbra piene. Mi ricordavo ogni singola cosa.

Lo fissai, la bocca spalancata.

Lui sorrise, ignorò tutti i presenti e mi guardò. Osservò la mia uniforme, lo chignon in cui erano raccolti i miei capelli. Il modo in cui ero seduta a capotavola. Da quanto tempo era lì in piedi?

Non c'era bisogno che gli chiedessi come avesse fatto a intrufolarsi così silenziosamente. Era un Cacciatore. Ma anche io, dannazione. Avrei dovuto sentirlo. Percepirlo. Invece, mi ero persa nei miei pensieri. Pensieri *su di lui.* Feci un respiro profondo. Sì, ora riuscivo a sentire il suo odore. Distolsi la mia mente dalla riunione e mi concentrai su di lui. Udii il battito del suo cuore. Notai tutti.

L'Atlan che insegnava combattimento corpo a corpo si alzò in piedi, pronto a dimostrare le sue abilità, dovesse Quinn dimostrarsi una minaccia. Era una cosa quasi ridicola, perché io ero l'unica altra Everian presente nella stanza. Nessun altro era altrettanto veloce o spietato quanto Quinn. L'Atlan era enorme, avrebbe potuto staccargli la testa dal collo, ma non sarebbe mai riuscito ad acchiapparlo per riuscire a farlo.

"Grazie, Signore della Guerra," dissi alzandomi dalla

sedia e sollevando una mano per fermarlo. Mi posizionai di fianco a Quinn. "Mi scuso per l'interruzione, ma forse è giunto il momento di fare una pausa."

"Non mi presenti, compagna? Sono venuto fin dal Settore 437."

Nessuno mancò di notare la parola 'compagna'. Anzi, tutti sorrisero e cominciarono a parlottare. Qualcuno persino applaudì.

Sorridendo – non potei farne a meno, tanto ero felice di vederlo – mi girai verso il gruppo. "Vi presente il Cacciatore d'Elite Quinn di Everis."

La stanza eruppe in un coro di saluti e mormorii, senza dubbio speculando su quella parola... compagno. *Compagno.* Non sapevo se erano così felici perché *io* avevo trovato un compagno o perché era un lieto evento. Io ero felice di vedere Quinn. Stupefatta, quasi. Ma aveva interrotto la mia riunione, aveva incasinato il mio ordine. La mia routine.

Il capo dei rappresentanti del Prime Nial fece il giro del tavolo. "Congratulazioni, viceammiraglio." Salutò Quinn con un cenno del capo. "Cacciatore d'Elite."

Quinn annuì in risposta e il Prillon si girò di nuovo verso di me. "Viceammiraglio, se desidera assentarsi, posso occuparmi io della gestione della riunione."

"Non sarà..."

"Grazie, guerriero," disse Quinn interrompendomi.

Strinsi gli occhi. Gli rivolsi un'occhiataccia. Come osava! Questa era la mia riunione. Il mio lavoro. "Posso continuare e..."

"No, non puoi," disse Quinn. "Il guerriero si è offerto di sostituirti, dovremmo essergliene grati."

Mi afferrò per il gomito e mi condusse verso la porta.

"Quinn," sibilai sottovoce, ma lui non si girò nemmeno a guardarmi. Sapevo che poteva sentirmi. Poteva sentire il cuore che mi batteva nel petto. Il suo nome sussurrato dalle mie labbra l'avrebbe sentito forte come uno sparo.

I cadetti nel corridoio si fermarono e mi fecero il saluto, ma sapevo che si stavano chiedendo perché mai qualcuno mi stesse conducendo fuori dal mio stesso edificio.

Una volta fuori, Quinn si fermò. "Dove sono i tuoi alloggi?"

"Ora mi presti attenzione?"

Si accigliò. "Ti ho sempre vista."

Sbuffai. "Mi hai vista, ma mi stai anche a sentire? Quella era la *mia* riunione."

Fece spallucce. "È solo una riunione."

Strabuzzai gli occhi. "Solo una..."

Due cadetti ci passarono vicini, fecero il saluto.

Dio, era un incubo. La notizia della mia nuova unione si stava spargendo come se quella fosse una scuola media, e non l'Accademia della Coalizione. Mi era sembrato strano quando avevo tredici anni, e ora era tale e quale.

Non dissi nient'altro, perché non potevo rientrare in riunione. Non avrei fatto altro che generare altra confusione e pettegolezzi. Mi girai e mi incamminai verso i miei alloggi. Essendo un viceammiraglio, avevo una casa tutta per me. Si trovava dietro gli edifici dei dormitori e delle aule ed era circondata dagli alberi. Non condividevo lo spazio con nessuno, ma non era grandissimo. A me andava benissimo, perché di norma non conservavo nulla, non avevo bisogno di molto e conducevo una vita semplice. Ero soddisfatta.

Fino ad ora. Ora ero incazzata.

"Mi piace," disse Quinn guardando l'interno dei miei alloggi. Il pavimento di legno, le pareti bianche. Il mobilio semplice. Il letto nell'altra stanza. "Bene, ora non dovrai trattenerti quando ti faccio venire."

"Mi prendi in giro?" gridai.

Sorrise. "Eccola qui."

Mi guardai intorno. "Ma che diavolo stai dicendo?"

"La mia esuberante compagna."

Indicai il pavimento. "Vieni qui, di punto in bianco, mi trascini fuori da un'importante riunione. E per fare cosa, per litigare?"

"Sono venuto qui per la mia compagna."

Puntai il pollice dietro di me. "Ah, sì? Beh, era la tua compagna, quella in quella riunione."

Lui scosse lentamente il capo, mi guardò da capo a piedi come se mi stesse ricordando nuda. Non avrei dovuto essere bagnata, ma era così. Perché volevo strangolarlo e saltargli addosso allo stesso tempo?

Mi venne contro in un batter d'occhio, poi rallentò e mi accarezzò la guancia con le nocche della mano. Chiusi gli occhi assaporando quel tocco, ma poi li spalancai, lo afferrai per un polso e glielo torsi. Come osava adescarmi con questi dolci gesti. Si piegò da un lato per alleviare la pressione della presa e si torse nella direzione opposta, disegnano un cerchio e posizionandosi dietro di me, il suo braccio attorno alla mia vita. Sentii il suo cazzo che mi puntava contro la parte bassa della schiena.

"Sono venuto per te." Sentii il suo respiro sull'orecchio.

"Sei venuto per farmi incazzare." Mi lasciai andare per farmi sostenere dal suo braccio e gli diedi un pestone sul piede. La sua stretta si allentò e allora attraversai la stanza con la velocità di una Cacciatrice. Non mi seguì.

"Sono venuto qui perché sei mia." Piegò il dito per farmi tornare da lui.

Mi poggiai le mani sui fianchi. "Non puoi trascinarmi fuori da una riunione."

"Tu non avresti dovuto sottrarmi l'uccisione."

Strinsi lo sguardo. "Quindi è di questo che si tratta? Mi incasini il lavoro perché ti ho portato via l'unità Nexus?"

"Era mio diritto distruggerlo."

"Quella riunione fa parte del mio *lavoro*. Non ci stavamo scambiando ricette per fare i biscotti. Stavamo parlando dei protocolli di addestramento, delle modifiche delle strategie di combattimento dello Sciame, di come far sì che più soldati restino in vita. Addestrare i cadetti così che non vadano nel panico quando scendono sul campo di battaglia, così che possano farsi valere in guerra. È il mio *lavoro*. È il *mio* diritto."

"Io sono il tuo compagno. Che pianifichino e spettegolino senza di te per qualche ora."

"Io sono il viceammiraglio! Quella era la mia riunione."

La sua mascella si contrasse, i suoi muscoli si fecero tesi. E, dall'altra parte della stanza, riuscivo a vedere il grosso bozzo del suo cazzo che gli premeva contro i pantaloni dell'uniforme. Il nostro problema non era l'attrazione. Era tutto il resto.

"Non ti ripeterò quello che ti ho detto su Latiri 4," dissi. "Quinn, devi capire che quel lavoro è la mia vita."

"Non dovrebbe esserlo. Hai bisogno di altro oltre alle riunioni e al dovere. Noi siamo compagni. Il mio lavoro ora è prendermi cura di te."

Sospirai. Non si stava comportando così per darmi fastidio. Credeva sinceramente in tutto quello che diceva. Forse era troppo abituato a operare in una piccola unità di Cacciatori di Elite con un'autonomia quasi completa. I Cacciatori sceglievano quali missioni accettare e quali rifiutare. Una volta partita la caccia, vivevano seguendo il loro codice d'onore, le loro regole. Combattevano per la Coalizione, ed Everis inviava regolarmente guerrieri, ma i Cacciatori d'Elite erano tutto un altro paio di maniche. Di norma non si trovavano nella catena di comando, non facevano rapporto a qualcuno come me. Aggiravano la burocrazia. Le riunioni. Sospirai.

"Come faccio a fartelo capire? Nessuno lo capisce, ecco perché è così difficile. Nessuno mi ha mai capita. Sulla Terra, ero del tutto diversa. Ogni cosa che facevo mi etichettavano come un *mostro*. Poi, su Everis, mi ero sentita fuori luogo. Mi comportavo come un'umana. Il cibo Everian non mi piaceva. Non conoscevo le loro usanze. E così me ne andai. Quando mi unii alla Coalizione, finalmente mi sentii a casa. Tutto quello che facevo veniva accettato. Le mie differenze mi rendevano migliore. Sapevo cosa fare, come farlo. Quando, dove, perché. Era tutto sistemato. Prosperai. Eccelsi." Mi indicai la spalla. "Viceammiraglio a trentasei anni."

"E ora hai me," ripeté.

Annuii. "Sì, ma affinché tu possa avere me, ti devi prendere anche un viceammiraglio. Lo sai a chi faccio rapporto?"

Scosse il capo.

"Al Prime Nial. Chi c'è sopra di lui?"

Si accigliò, e poi disse: "Nessuno."

"Esattamente. Nessuno. Ci sono alcuni ammiragli, e il dottor Helion al Centro di Comando dell'Intelligence, io faccio rapporto direttamente al Prime. Tutti quanti rispondono a me. Tutti quanti nella Flotta della Coalizione si trovano sotto il mio diretto comando. *Tutti*. Pensaci su."

Incrociò le braccia sull'ampio petto e abbassò lo sguardo sul pavimento. Quando non disse nulla, continuai a parlare, senza riflettere.

"Il comandante Karter è a capo di un battaglione. Io sono responsabile per l'addestramento dei cadetti che combatteranno per le centinaia di battaglioni della Flotta. Sono a capo delle operazioni su molteplici fronti, comprese le missioni dell'Intelligence."

"Come l'unità Nexus," disse lui inclinando la testa per guardarmi con i suoi occhi pallidi e intensi.

Annuii. "Sì. Come ad esempio catturare l'unità Nexus. Il mio lavoro non si ferma mai, perché le persone che rispondono a me non si fermano mai. La lotta non finisce mai."

"Devi riposarti ogni tanto," rispose lui. "Devi levarti l'uniforme a un certo punto."

Annuii. "È così. L'ho fatto quando mi sono sottoposta al test delle spose. Avevo un periodo di pausa, stavo visitando degli amici sulla Colonia. E poi sei arrivato tu, e tutto quel casino con la prigione dello Sciame. Ma ora sta iniziando un nuovo semestre. Non aspetterà solo perché mi sono trovata un compagno. Ho un lavoro da svolgere, Quinn. Un lavoro importante. Come la riunione che tu hai interrotto."

Scosse il capo. "Mi scuso per averti disturbata durante la riunione."

Lo guardai, gli occhi sgranati. Delle parole che non mi aspettavo.

"Ma io penso che tu avessi bisogno di essere disturbata. Sarai anche un viceammiraglio, ma io sono il tuo compagno."

Avrei voluto trovare la parete più vicina e prenderla a testate. E non avevo nemmeno menzionato il modo in cui aveva risposto *al posto mio* quando il guerriero Prillon si era offerto di condurre lui la riunione.

Un litigio alla volta.

"Quinn..."

"Il mio lavoro è assicurarmi che Niobe, non il viceammiraglio Niobe, sia ben nutrita, riposata, al sicuro, felice. In salute."

"Va bene, ma io devo tornare alla riunione."

"No, non devi. Ci pensa il tizio del Prime."

"Ma..."

"No. Spogliati."

Feci un passo indietro. "No."

"Sì," ribatté lui. "Spogliati."

"Ti ho sentito la prima volta." Feci un altro passo indietro.

"Allora fa' come ti ho detto."

"Sono troppo arrabbiata per fare sesso con te."

Il suo sopracciglio pallido si sollevò. "Ah, veramente?" Inalò allargando le narici. "Sei bagnata."

Lo ero. Dannazione.

"Non puoi comandarmi a tuo piacimento. Trascinarmi fuori dalle riunioni e dirmi cosa devo fare."

"Mi scuso per la riunione. Per quanto riguarda il resto, sì, posso comandarti a mio piacimento. Posso dirti quello che devi fare. Togliti quell'uniforme, viceammiraglio, così che io possa vedere Niobe. Io voglio la mia compagna."

Oh. Io volevo lui. Volevo il sesso. Dio, quel cazzo duro... lo volevo dentro di me. Che mi riempiva. Potevamo passare la giornata a discutere, ma non ne avrei ricavato nemmeno un singolo orgasmo. Ne mi sarebbe servito a permettermi di farlo mio. Di avere le sue labbra... dappertutto. Il mio desiderio lottò contro la mia mente e, siccome ero già stata trascinata fuori dalla riunione, il danno era fatto. Quel che è fatto è fatto, come si dice.

Si era scusato. Era tempo che io allentassi un po' la corda. O mi spogliassi.

Lui non si mosse, respirò a malapena mentre mi toglievo l'uniforme. Mi tolsi tutto quello che avevo addosso fino a ritrovarmi completamente nuda. Lo guardai, aspettai. Guardai i suoi occhi che avvampavano, la sua mascella che si irrigidiva, il cazzo che gli cresceva nei pantaloni.

"Fammi vedere quanto sei bagnata."

La sua ruvida voce mi fece inturgidire i capezzoli e accelerare il battito del cuore.

Mi passai una mano in mezzo alle cosce, la sollevai e gliela feci vedere. I miei umori mi brillavano sulla punta delle dita.

Scosse il capo. "Non così. Girati. Piegati in avanti."

Porca. Puttana. Com'era perverso. E io lo adoravo.

Il pavimento di legno era freddo sotto i miei piedi. Buona cosa, dal momento che per il resto ero decisamente accaldata. Mi girai e feci come mi aveva detto, piegandomi in avanti e ritrovandomi con il culo verso l'alto. La fica lì, per farla vedere a lui.

Mi si avvicinò con passo da umano, prendendosi il suo tempo per guardarmi. Io guardai lui, da sottinsù, lo guardai mentre mi guardava. Capiva che ero bagnata, aperta. Gonfia e pronta per lui.

Anche se lo vidi muoversi, quando la sua mano mi toccò il sedere trasalii.

"Shh," mi disse, accarezzandomi. "Metti le mani contro la parete."

Mi tenne fermi i fianchi mentre mi drizzavo per obbedire. Avevo lo sguardo puntato contro la parete bianca, il culo all'infuori. "Brava ragazza."

"Ti devo far notare che sono un viceammiraglio, non una..."

Allora mi sculacciò, uno schiaffo sul sedere.

"Shh," ripeté. "So cosa sei. Là fuori sei tu che comandi. Qui, con il tuo meraviglioso corpo in bella mostra solo per me, tu sei mia, e ti stai comportando molto, molto bene."

Digrignai i denti e mi costrinsi a non dimenare i fianchi.

"Allora perché mi hai sculacciata?" gli chiesi girando la testa verso di lui.

Lui era completamente vestito mentre io ero nuda e piegata in avanti. Vulnerabile. E gli *permettevo* di sculacciarmi. Avrei dovuto girarmi e prenderlo a calci nel culo per avermi sculacciata. Ma la verità era che quel dolore mi faceva impazzire. Lo shock. Amavo lasciarmi andare, giusto po', permettere a qualcun altro di assumere il controllo.

"Perché ne hai bisogno."

Mi misi a ridere. "Ne ho bisogno."

Mi sculacciò di nuovo, questa volta sull'altra natica. Non fu forte, ma fece male. Sussultai, e poi gemetti quando mi passò le dita sulla fica.

"Vedi? Ne hai bisogno. Ti libera la mente."

"Ma che stai dicendo?"

Mi sculacciò; prima una natica, poi l'altra. Con forza. Poi mi penetrò con un dito. Sì, era di questo che avevo bisogno. Ma il suo dito non era abbastanza lungo, né abbastanza tozzo. Avevo bisogno del suo cazzo.

Mi sculacciò tre volte di fila, tre sculacciate veloci, mentre il suo dito era dentro di me, immobile. L'eccitazione si impadronì di me. Il dolore si tramutò in calore, in fuoco. Un bagliore che si espanse e mi fece sciogliere la fica.

"Quinn," ansimai.

"Qual era l'argomento della tua riunione?"

"Cosa?" chiesi, accigliandomi.

"La tua riunione," ripeté sculacciandomi di nuovo.

"Io... non riesco a pensare quando fai così."

Si sporse in avanti e mi sussurrò all'orecchio: "Esattamente." Mi venne vicino e sentii il suo cazzo e i suoi fianchi che attraverso la stoffa della sua uniforme mi premevano contro il culo accaldato. Perché non si era spogliato?

Indietreggiò e io gemetti, sentendo la mancanza della sensazione datami dal sentire la sua uniforme contro la pelle nuda. La discrepanza tra di noi era notevole. Si stava sciogliendo tutto, ma non lui. Non Quinn.

Si mise in ginocchio dietro di me. Inspirò, e quindi mi leccò.

"Quinn!" gridai sentendo il tocco della sua lingua. Lì, sull'intera lunghezza della mia fica, e poi sulla mia clitoride. Leccandola, circondandola. Non potei fare a meno di muovere i fianchi, praticamente scopandomi con la sua faccia. Avevo i palmi premuti contro il muro, ma si fecero scivolosi. Riuscivo a malapena a restare dov'ero, ma ero vicinissima all'orgasmo.

Quinn sembrò percepirlo, perché indietreggiò e quindi si alzò.

"Quinn," dissi di nuovo con la voce più disperata e bisognosa che avessi mai sentito uscirmi fuori dalla gola. Mi stava trasformando in un animale. Mi girai verso di lui, chiedendomi perché si fosse fermato.

Si incamminò verso la camera da letto, spogliandosi nel mentre. Quando raggiunse la soglia, si girò. "Vieni."

"Ci stavo provando," borbottai. Avevo i capezzoli duri, la fica così bagnata da avere tutte le cosce zuppe. Ero così sensibile, così pronta a venire che mi sarebbe bastato sfregare le cosce l'una contro l'altra.

Vederlo così, nudo e... dio, incredibile. I lunghi capelli che gli sfioravano le spalle. Addominali tanto duri da poter farci rimbalzare una moneta. Un cazzo che usava per procurare orgasmi magici. Ed era tutto mio.

Feci per andare verso di lui, pronta, desiderando quell'enorme cazzo, ma lui mi fece cenno di fermarmi.

"In ginocchio."

Andò in camera da letto, si sedette sul bordo del letto così che potessi vederlo. Si afferrò la base del cazzo, si toccò e mi guardò.

"Sei serio?" gli chiesi.

"Sottomettiti, compagna."

C'era un soffice tappeto sul pavimento sotto i suoi piedi, lì dove volveva che mi inginocchiassi davanti a lui. Dovevo inginocchiarmi. Sottomettermi. Dargli il completo controllo così da ottenere quella bella scopata che tanto volevo.

"Niobe," disse quando restai ferma. "L'unico qui che ti vede mentre ti concedi a me... sono io. Non c'è niente di cui preoccuparsi. Nessuno da comandare. Da considerare. Nessun ordine da dare. Niente riunione da gestire. Mi prenderò cura di te. Ti scoperò. Ti farò venire. Ti farò urlare di piacere. Non pensare. Ascolta il suono della mia voce e fa' come ti dico."

Avevo i sensi di un Everian e riuscivo a sentire, odorare e vedere tutto fin nei minimi dettagli, ma tutto si spense, e solo per lui. La sua voce. Il suo respiro. Le sue parole.

Eravamo da soli. Non c'era nessuna Accademia oltre quella porta. La mia uniforme era un mucchio di vestiti sul pavimento, vestiti che non significavano nulla senza il corpo che li riempiva.

Adesso ero semplicemente Niobe. La compagna di Quinn. Potevo riuscire a farlo? Potevo inginocchiarmi, abbandonarmi a quello che lui voleva e sottomettermi al suo potere? Voleva dimostrare qualcosa, voleva negoziare le dinamiche tra di noi... dicendomi quello che voleva. Lui era un Cacciatore, un Elite. Forte. Veloce. Controllato. Un predatore. Autoritario per natura. La domanda era: sarei riuscita a cedergli il controllo? Mi fidavo abbastanza di lui per lasciarmi andare? Per arrendermi? Per sottomettermi?

Il mio lato umano era in disaccordo con tutto quello che stava accadendo. Indignato. Irritato. Furioso che lui avesse interrotto la riunione. Ma il lato Everian? Dio mi aiuti, era così eccitato che stavo avendo non pochi problemi a tenerlo a bada. Riuscivo a pensare solo al fatto che Quinn mi aveva dominato sulla Karter, mi aveva dato la caccia, inseguita, scopata e riempita con il suo cazzo mentre la mia natura di Cacciatrice aveva bramato un compagno meritevole. La mia metà Everian era più che felice di dargli tutto quello che voleva, ora che mi aveva conquistata in una caccia d'accoppiamento – persino su una corazzata.

Stavo guerreggiando con me stessa. Logica contro istinto. Bisogno verso la mia idea umana dell'uomo perfetto.

Crescendo sulla Terra pensavo di volere qualcuno riservato. Attento. Silenziosamente di supporto. Non avremmo mai discusso, mi dicevo. Mai litigato. Mai scopato come animali selvaggi.

Quinn era ben lungi dall'essere riservato o attento. Sapevo che avremmo discusso, e non poco. E mi bastava guardarlo per avvampare.

Continuò a restare seduto e a toccarsi il cazzo. Era tanto eccitato quanto me, ma era paziente. In attesa. Non dovevo far altro che andare da lui ed entrambi avremmo ottenuto ciò che volevamo. Ciò di cui avevamo bisogno.

"Niobe, ti vedo" La sua voce era profonda, piena di brama, ma calma. Quasi... confortante. "Vedo chi sei. Di cosa hai bisogno. Solo per me. sottomettiti. Lascia che io mi prenda cura di te. Smettila di pensare. Godi e basta."

Quelle ultime tre parole trattenevano più eccitazione di quanta io non potessi elaborarne. Mi concentrai sulla sua forte mano che si muoveva con ritmo costante facendo su e giù lungo il suo cazzo. Lo volevo, quel cazzo. Era mio.

Lentamente, mi abbassai sul pavimento, mi misi in ginocchio. Lo guardai. Non distolsi lo sguardo, respirai e aspettai, la mia fica che si contraeva. Bagnata.

"Sei bellissima," mormorò. "Perfetta." Sollevò la mano libera e mi slegò i capelli facendomeli ricadere sulle spalle. Incapace di aspettare, mi sporsi in avanti e leccai la perlacea goccia di pre-eiaculazione sulla punta liscia del suo cazzo. Assaporai il suo sapore salato.

Lui sibilò e io capii che, anche se ero in ginocchio davanti a lui, nuda ed esposta, lui era qui con me. Io detenevo del potere su di lui. Nessun altro poteva fargli dimenare i fianchi in preda al desiderio o al bisogno di scopare. Io lo rendevo un animale, un animale soggetto ai suoi istinti più basilari. Così come lui mi rendeva bramosa di lui. Bagnata. Pronta. Desiderosa di venire reclamata.

Sbattei le palpebre e, in un lampo, mi ritrovai distesa sul letto morbido. Aveva usato la sua forza e la sua velocità di Cacciatore per mettermi in posizione. Si arrampicò sul mio corpo e mi fece allargare le ginocchia con le sue.

Lo guardai. Era un Cacciatore letale, ma il suo tocco – a parte le sculacciate – era gentile. Riservato. Come se io fossi preziosa per lui. "Che gli dèi siano dannati, Niobe, non penso di poter aspettare."

Mi morsi il labbro. Annuii. Avevo il sedere caldo e dolorante lì dove premeva contro il letto, ma il calore extra non faceva che aggiungersi ai miei sensi sovraccaricati.

Poggiò una mano sul materasso e mi premette la fronte contro lo stomaco. Inspirò a fondo. "Non riesco più a sentire l'odore del mio sperma su di te."

Ringhiò, trovò la mia fica e mi penetrò con le dita senza nessun avvertimento. Senza preliminari. Un affondo sfacciato e aggressivo che gridava possessione. Sussultai, inarcai la schiena. Volevo di più.

Muovendo le sue dita dentro e fuori dal mio corpo, mi scopò mentre diceva: "Se devi andare là fuori con quella tua bella uniforme da viceammiraglio, allora, lì sotto, devi essere ricoperta da me. Marchiata. Devi avere il mio odore su di te." Le sue dita uscirono e lui si mosse su di me, allineò il suo cazzo alla mia entrata. Non aspettò, mi penetrò con un unico movimento. "Mia."

"Quinn," sussurrai stringendogli le ginocchia contro i fianchi mentre la mia fica si abituava alle sue dimensioni.

Il suo corpo ricoprì completamente il mio, tutto calore, profumo e maschio selvaggio. Fece dentro e fuori di me, tenendomi le mani al di sopra della testa e scopandomi con una tale lentezza che pensavi di poter morire.

"Ogni volta che te ne starai seduta in una di quelle riunioni, a comandare le tue truppe, saprai di essere mia," proseguì.

La mia fica si contrasse attorno a lui e gemetti e gli bloccai le ginocchia dietro i fianchi. Dio, se mi parlava così, era la fine.

"Nessun altro ti vedrà mai così."

Scossi il capo e lui cominciò a martellarmi con forza. Più velocemente. Le mie dita dei piedi e i muscoli cominciarono a tremarmi come se stessi perdendo il controllo, e non solo dei miei sensi, ma di ogni muscolo e fibra del mio essere.

Mi bloccò entrambi i polsi con una mano e usò l'altra

per farmi allargare il ginocchio verso il letto, aprendo il mio corpo alla sua scopata, dandogli l'angolo di cui aveva bisogno per andare ancora più a fondo, strusciandosi contro la mia clitoride ogni volta che mi penetrava. Si muoveva con la precisione e il controllo di una macchina. Veloce. A fondo. Ancora e ancora e ancora...

"Vuoi venire?"

"Sì." La risposta mi uscì di bocca ancor prima che ebbi modo di elaborare la domanda. *Sì* era la mia risposta a lui. Sì a tutto. Avevo bisogno di lui. Sì.

"Chiedilo."

Mi leccai le labbra secche, inarcai la schiena e lui mi penetrò fino in fondo. Ero così vicina, lo ero sin da quando la sua bocca si era posata su di me mentre ero in piedi contro il muro. Ora, pensare che aveva voluto che mi inginocchiassi davanti a lui, mi spingeva al limite. Amavo cedergli il controllo. Amavo dimenticare, vederle solo lui. Udire solo lui. Sentire solo il suo odore. *Sentire lui.* "Ti prego, Quinn. Fammi venire."

La sua mano si infilò in mezzo a noi, mi toccò la clitoride. "Ora."

Bastò quello. Una parola. Il suo ordine. Obbedii.

E nel farlo sprofondai nell'estasi. In un piacere che mi faceva vedere i colori dietro le palpebre chiuse. Che mi faceva gridare il suo nome. La mia fica si contrasse e munse il suo cazzo svuotandolo di tutto lo sperma. Il suo cazzo si ingrossò, si irrigidì, si gonfiò, esplose dentro di me. E, in mezzo a tutto questo, lui era lì con me, il suo potere e il suo controllo erano un balsamo che non sapevo di volere, ma la mia anima si imbevette di lui come se fossero anni che stessi morendo di sete.

Fiducia. Questa era fiducia, e non mi ero mai concessa per davvero a nessun altro.

L'odore della scopata, del suo sperma, della mia eccitazione, era inebriante. Aveva ragione. Avrei avuto il suo odore addosso. Avrei sentito il dolore sul culo, il gonfiore della fica, il disossato piacere del mio orgasmo molto tempo dopo essermi rimessa l'uniforme addosso.

Ma, per ora, mi godetti Quinn, mi godetti l'essere una donna innamorata.

L'essere semplicemente Niobe.

12

Quinn, Accademia della Coalizione, tre giorni dopo

LA MIA COMPAGNA ERA INDAFFARATA. Era sempre indaffarata. Riunione dopo riunione, mettendo in riga i cadetti e gli istruttori – incontrandosi con un flusso costante di personale della Flotta della Coalizione appena ritornato dalla prima linea con rapporti sulle nuove tecniche di battaglia.

L'avevo trascinata in qualche aula chiusa a chiave, messa a novanta su un banco o due e ricordatole chi era che comandava... ma cominciavo a dubitare che lei mi prestasse sinceramente attenzione al riguardo.

In giro per l'accademia, guardavo le simulazioni di battaglia dei cadetti da una delle stazioni di controllo. Erano veramente ottime. Accurate. Tese ad approntare i soldati per la battaglia, e facevano un ottimo lavoro nel ricreare gli ambienti e i terreni su cui la Flotta combatteva ogni giorno.

Ma guardare i cadetti che urlavano e sparavano e si uccide-
vano per finta a vicenda non era divertente. Quantomeno
non per me. Quei rumori mi ricordavano cose che era
meglio dimenticare. Avevo visto abbastanza battaglie e
morti da bastarmi per una vita intera.

Io non facevo parte della Flotta della Coalizione. Non
dovevo essere lì. Tecnicamente, io rispondevo solo ai governanti di Everis, e a nessun altro. Avevo messo insieme un'u-
nità e avevamo lavorato per la Coalizione, facendo la nostra
parte in questa guerra. Ma ora, grazie a quell'unità Nexus,
ogni membro della mia unità era morto. Rimanevo solo io, e
potevo o mettere assieme una nuova unità di Cacciatori,
unirmi a un'unità in cerca di un membro, oppure potevo
apportare un cambiamento permanente.

Potevo restare qui su Zoria. Ma l'idea di girovagare per
l'Accademia della Coalizione come un ospite che si era trat-
tenuto troppo a lungo non mi andava a genio.

Io non appartenevo a questo posto. Ero accettato, tutti
mi parlavano, ma altrimenti venivo ignorato. Non facevo
parte di questa macchina. Questo non era il mio pianeta, il
mio popolo, la mia vita.

Avrei voluto portare Niobe su Everis. Avevo una casa lì.
Una famiglia. Avrei potuto sistemarla nelle proprietà di
famiglia, dove sarebbe stata al sicuro, e accettare le missioni
che mi venivano proposte, sapendo che lei sarebbe stata
protetta mentre io facevo il mio dovere.

Ero un Cacciatore d'Elite. Ero ricco. Rispettato su ogni
pianeta della Coalizione.

Eppure non potevo controllare la mia femmina. Non
potevo proteggerla. Non potevo soddisfare i suoi bisogni,
tenerla al sicuro, proteggerla come avevo bisogno di fare. E
anche se potevo dominarla in camera da letto, non appena

si infilava la sua uniforme da viceammiraglio, ecco che non era più mia.

Lei era *loro*. Ogni singolo essere vivente che arrivava o lasciava questo pianeta necessitava della sua attenzione. Aveva bisogno di lei per prendere una decisione, far sì che le cose continuassero a funzionare. E gli dèi siano dannati, ma io ero orgoglioso di lei. Il viceammiraglio Niobe era un comandante con la testa dura che non ammetteva stronzate. Non sopportava l'insubordinazione, mostrava raramente le proprie emozioni e rimaneva sempre – *sempre* – sotto controllo.

E guardarla mentre faceva tutto ciò a sé stessa mi faceva uscire di testa. Io conoscevo la vera Niobe, la donna che si inginocchiava davanti a me tramite di bisogno. La compagna che strusciava sul pavimento per venirmi incontro, che mi implorava di venire e mi avvolgeva le gambe attorno al corpo, baciandomi come se le fosse impossibile fermarsi.

Queste due versioni guerreggiavano nella mia mente e, sebbene logicamente riuscissi a conciliarle, i miei istinti mi stavano gridando di mettermela in spalla e di correre via.

I Cacciatori d'Elite erano famosi per essere primitivi. Possessivi. Protettivi.

E io avevo una compagna che non mi avrebbe permesso né di possederla né di proteggerla.

Questa situazione mi stava dilaniando, e non vedevo nessuna soluzione all'orizzonte. Non le avrei mai chiesto di rinunciare alla propria posizione. Era brava. Bravissima, dannazione. La Flotta della Coalizione aveva bisogno di lei.

Ma anche io. Passava oltre mezza giornata chiusa dietro qualche porta che io non potevo varcare. Non potevo vederla. Essere un Cacciatore era la mia salvezza, perché almeno riuscivo ancora a sentire il suo odore. Il battito del suo cuore. Sapevo che stava bene. Che era integra. Ma lontana. La mia ossessione non faceva altro che crescere ogni volta che la prendevo, che la riempivo con il mio seme e la marchiavo con il mio odore. *Ossessionato* non rendeva l'idea.

Eppure, l'idea di andare in pensione, di congedarmi dai miei doveri di Cacciatore, di vivere una tranquilla vita da civile non mi allettava. Se mi fossi ritrovato schiaffato dentro la casetta di Niobe, come un animaletto senza niente da fare, sarei impazzito. Nemmeno starmene seduto a rimuginare faceva parte della mia natura, ma avevo fatto un ottimo lavoro negli ultimi due giorni. Ero lunatico come un adolescente.

Stavo andando fuori di testa. Non potevo proteggerla, non potevo andarmene.

E così me la scopavo. Con forza. Le davo l'unica cosa che potessi darle: il piacere. Gli orgasmi. Sollievo – seppur per un breve tempo – dai suoi doveri nei confronti del resto dell'universo. E tra una scopata e l'altra? Cercavo di non staccare la testa di ogni cadetto, istruttore o visitatore che provava a rivolgermi la parola. Ero troppo selvaggio per civilizzarmi, il bisogno di proteggere la mia compagna mi stava conducendo al limite del leggendario autocontrollo dei Cacciatori d'Elite.

Avevo condotto sessioni di caccia nel territorio dello Sciame che erano state più facile del lasciarla andare e chiudersi dietro la porta dell'ufficio ogni giorno. Ogni. Cazzo. Di giorno.

"Cacciatore d'Elite Quinn?" Un giovane cadetto mi corse incontro proveniendo dal principale edificio amministrativo dove – in questo preciso istante – Niobe era chiusa dentro una stanza insieme a otto Signori della guerra Atlan a parlare di tecniche di addestramento Atlan.

Altri segreti. Altri dettagli che a me non era permesso di conoscere, ma che riuscivo a sentire chiaramente.

"Sì?" Mi girai per guardare il giovane maschio che si avvicinava. Era un Prillon, sembrava a malapena grande abbastanza per combattere. Ma forse ero solo io che mi stavo facendo vecchio.

"Il viceammiraglio Niobe ha dato ordine che lei faccia immediatamente rapporto al trasporto, signore." Aggiunse il 'signore' come segno di rispetto, non perché fosse richiesto dai protocolli della Coalizione. Io, tecnicamente, non facevo parte della Flotta della Coalizione. Non avevo nessun grado ufficiale. Nessuna autorizzazione da parte dell'Intelligence. Nessun diritto di trovarmi di fianco alla mia compagna durante le sue riunioni. Nessun diritto di proteggerla.

Ma era proprio quello che volevo fare. Proteggere ciò che era mio.

"Il viceammiraglio mi ha ordinato di fare rapporto?" Lei era al comando dell'intero pianeta, ma l'idea mi faceva irritare lo stesso. Io non facevo parte della Coalizione. Lei non aveva nessun diritto di darmi ordini. Lei era *mia*.

"Sì, signore. Ha detto che è urgente."

Cazzo. La mia irritazione svanì all'istante. Che cos'altro avrebbe potuto dire a questo cadetto? Per favore va' a dire al Cacciatore d'Elite Quinn di venire nella stanza di trasporto non appena può? No. Lei non faceva così. Lei era un viceammiraglio. Avrebbe dato un ordine a questo cadetto senza pensarci due volte. Soprattutto se la questione era urgente. Dovevo tenere a bada le mie emozioni quando si trattava della mia compagna. Non ero razionale. Era da quando l'avevo incontrata che avevo smesso di esserlo. Cazzo. Stavo sempre a piagnucolare. Mentalmente. Costantemente. Per fortuna che non ero un Atlan, perché se mi sentivo così protettivo pur senza avere una bestia dentro di me...

"Grazie, cadetto.'

Il giovane Prillon annuì e tornò correndo sui propri passi. Urgente? Il mio cuore mancò un battito per la preoccupazione, e i giorni pieni di frustrazione ribollirono verso la superficie pensando che la mia compagna potesse essere in pericolo.

Muovendomi con la velocità di un Cacciatore, entrai nell'edificio quando il cadetto si trovava ancora a metà strada. Mi mossi veloce come il vento e raggiunsi Niobe, il battito del mio cuore che ruggiva, il mio corpo che infuriava con l'istintivo bisogno di proteggere la mia compagna.

"Niobe? Stai bene?" La mia voce echeggiò rimbalzando sulle pareti della stanza di trasporto. Niobe stava parlando con un Prillon che avevo avuto il dispiacere di incontrare durante una missione anni fa. Vederlo non mi migliorò l'umore. Dove c'era lui, c'era sempre il dolore. "Dottor Helion."

Il dottore Prillon mi guardò per un freddo, calcolatore istante prima di abbassare il mento in un cenno del capo quasi impercettibile. 'Cacciatore d'Elite Quinn. Congratulazioni per la tua unione con il viceammiraglio Niobe."

Non era quello che mi aspettavo, né mi importava di sentire le sue felicitazioni. Fanculo. Avrei preferito saperlo il più lontano possibile dalla mia compagna. E nominarla usando il suo titolo per esteso? A che era servito? Era come un rimprovero per un bambino? "Che cosa ci fai qui, dottore'"

Il dottore guardò me e poi Niobe, una domanda negli occhi. Quando la mia compagna annuì, dando al dottore il *permesso* di parlare, egli lo fece. Le sue parole furono schiette. Dritte al punto. "Sono venuto qui per parlare con il viceammiraglio dell'unità Nexus che è riuscita a recuperare su Latiri 4."

Riuscita a recuperare. Giusto.

"E?" Che cosa gli avevano fatto a quel bastardo blu? Speravo che l'avessero vivisezionato.

"Non posso discutere delle nostre scoperte con te. Non hai l'autorizzazione necessaria da parte dell'Intelligence."

Guardai Niobe, senza aspettarmi di vedere lo sguardo di scuse che colsi mentre mi rendevo conto che non aveva nessuna intenzione di dirmi dell'altro.

Dovere. Regole. Comando. Autorizzazioni. Centro Intelligence. Ma quello sguardo significava che non gli piaceva che il dottore si stesse comportando di proposito come uno stronzo.

La mia compagna era così presa dai regolamenti e dal protocollo che avrebbe potuto benissimo essere una macchina. Ma lei le amava quelle regole, quella struttura. Me lo aveva detto. La Flotta della Coalizione le dava uno scopo, le permetteva di avere fiducia nelle proprie abilità. Aveva bisogno di quell'ordine nella sua vita di tutti i giorni così come aveva bisogno che io portassi ordini e dominazione in camera da letto.

Ma io ero un Cacciatore d'Elite. Noi lavoravamo da soli, al di fuori delle regole, e questa struttura e questo protocollo mi soffocavano. Era dannatamente difficile averci a che fare quando stronzi come il dottor Helion mi schiacciavano come un mazzuolo che conficca un chiodo nel terreno, provando a farmi conformare.

Come cazzo potevo proteggere Niobe se non sapevo dove si trovasse la maggior parte del tempo? Quando non avevo idea di con chi fosse, di cosa stessero discutendo, o di cosa succedesse nella sua vita?

A letto, nuda, era mia.

Ma in ogni altro momento del giorno e della notte? Apparteneva a loro. A *lui*. Al dottor Helion e ai cadetti e tutte le migliaia dietro di loro.

Soffocai la mia irritazione, mi concentrai sulla mia compagna e ignorai completamente il dottore. "Il cadetto ha detto che avevi bisogno di me." Non dissi che mi aveva *ordinato* di presentarmi. Non di fronte al dottor Morte e Distruzione.

"Sì. Devo recarmi presso il Centro di Comando dell'Intelligence. Partiamo non appena arriva il Signore della Guerra Gram. Non tornerò per cena, e non volevo che ti preoccupassi."

Stava andando al Centro di Comando? Dove cazzo si trovava? Non mi sprecai a chiederglielo. Non me lo avrebbero detto.

"Quando torni?" Non potevo impedirle di andare senza di me. Che gli dèi mi fulmino, eccome se volevo farlo, ma sapevo di non averne l'autorità.

Adocchiò il dottor Helion in cerca di una risposta, e lui me ne diede una che non mi piacque. "Non ne sono sicuro. Tra meno di un giorno."

Cazzo. Cazzo. Cazzo. "Puoi garantirmi che sarà al sicuro?"

Mi lanciò un'occhiataccia, ma io non abbassai lo sguardo.

"Ho detto: puoi garantirmi che sarà al sicuro?"

"Quinn." Niobe mi poggiò una mano sul petto e mi spinse, gentilmente, cercando di farmi allontanare dall'enorme guerriero Prillon. Era grosso, ma anche lento. Avrei potuto ucciderlo in una frazione di secondo.

"Quinn!" Niobe gridò il mio nome e la furia protettiva che mi faceva vedere rosso si acquietò. Non era accettabile. La mia mancanza di controllo non era accettabile. Restare separato per un intero giorno dalla mia compagna non era accettabile. Il non poter proteggere Niobe mi stava divorando come il fuoco brucia i ceppi. Una scintilla, e il Cacciatore d'Elite dentro di me sarebbe andato in fiamme. Proteggere la mia compagna. Era questa la cosa più importante.

La sua sottomissione era una cosa meravigliosa. Me la concedeva come fosse un dono. La mia abilità di dominare rendeva facilitava la sfida del suo essere il viceammiraglio, ma niente – *niente* – avrebbe lenito il mio bisogno di proteggere.

Il dottor Helion si girò dall'altra parte, interrompendo il contatto visivo, allontanandosi dalla mia femmina. Grazie agli dèi sembrava avere una certa idea di cosa stesse succedendo perché, non appena si fu allontanato abbastanza e i miei sensi mi dissero che non rappresentava più una minaccia, riuscii di nuovo a pensare. Strinsi Niobe tra le mie braccia e le affondai il viso nei capelli. Inalai il suo profumo. Calmai la creatura furibonda che voleva andare a caccia. Uccidere qualsiasi cosa la minacciasse. "Niobe. No. Non posso proteggerti se te ne vai."

"Devo andare. Sarò al sicuro. Te lo prometto."

"Vengo con te."

Con la guancia premuta contro il mio petto, scosse il capo. Tuttavia, mi lasciò stringerla in questo luogo pubblico. Avevo bisogno che stesse vicino a me. Ne avevo bisogno per calmarmi. Per sapere che fosse al sicuro. Tra le mie braccia.

"Non puoi. Stiamo andando in una struttura sicura dell'Intelligence. Meno di una dozzina di persone sono a conoscenza della sua esistenza. Devi lasciarmi andare."

"Non posso." Non mi stavo comportando in modo drammatico, né le stavo mentendo. I miei istinti di Cacciatore d'Elite avevano letteralmente preso il controllo del mio corpo. Non potevo lasciarla andare. La creatura dentro di me sapeva che lei l'avrebbe lasciata se lo avessi fatto, e così strinse la presa come un animale.

Cazzo. Cominciavo a *sentirmi* come un animale. Una bestia. Non ero in preda alla febbre d'accoppiamento, non ero un cazzo di Atlan, ma stavo perdendo il controllo proprio come facevano loro, e tutto perché non potevo proteggere la mia compagna.

Non sapevo come facessero Seth e Dorian a lasciare che Chloe andasse in missione. Lei era un comandante, superiore di grado a entrambi. La compagna di Karter non faceva parte della Coalizione, ma lo stesso gestiva tutto il personale non combattente di un intero battagliano. Come facevano a compartimentalizzare? Come facevano a non uscire fuori di testa? Ma nessuno aveva un viceammiraglio per compagna. Io stavo impazzendo. Era ovvio dai miei pensieri ripetitivi sul volerla proteggere.

Niobe si staccò da me e io rimasi immobile, usando ogni oncia della disciplina che avevo acquisito in anni di caccia per lasciarla andare.

La guardai mentre saliva sulla piattaforma di trasporto. Il dottor Helion e Gram si unirono a lei. La guardai fare un cenno col capo al tecnico del trasporto.

"Iniziare il trasporto."

"Sì, viceammiraglio." Il tecnico del trasporto fece le sue magie.

Guardai la mia compagna, la mia vita, il mio cuore pulsante che scompariva... e non avevo idea di dove stesse andando.

Tutto ciò era inaccettabile. Era giunto il momento di smetterla di lamentarsi. Basta con queste stronzate.

Era giunto il momento di fare qualcosa per proteggere la mia compagna.

13

Quinn, Prillon Prime, Studio personale del Prime Nial

LA SICUREZZA su Prillon Prime era una sfida. Avevo dovuto aggirare non meno di sette guardie e metterne fuori altre due per poter raggiungere questa stanza. Le guardie si sarebbero svegliate con un mal di testa gigantesco, ma niente di più.

Non mi trovavo su Prillon Prime per creare problemi o fare del male a qualcuno. L'opposto, infatti.

E avrei parlato con il Prime Nial, che avesse acconsentito a incontrarmi o no. Avevo provato la via della diplomazia, ma senza successo. Sembrava che un umile Cacciatore d'Elite non potesse richiedere di incontrare il governante più potente della galassia conosciuta. Mi avevano detto, senza mezzi termini, che era *occupato*.

Beh, fanculo. Io non avevo tempo da perdere. La mia

compagna era là fuori con il dottor Helion, a svolgere chissà quali lavori, da sola. Senza il suo compagno a proteggerla.

Senza di me.

E così mi ero procurato uno dei dispositivi di trasporto di Niobe – no, del viceammiraglio.

Che mi punissero, se volevano.

O almeno potevano provarci. Prima avrebbero dovuto prendermi e, in base allo stato dell'attuale contingente di guerrieri del Prime Nial, gliene sarebbero serviti almeno altre tre dozzine per avere una possibilità. Io non ero un semplice Cacciatore d'Elite; io ero qui per proteggere la mia compagna.

Avrebbero dovuto uccidermi per impedirmi di proteggere Niobe.

Mi guardai attorno all'interno della casa del Prime e mi mossi come un'ombra. Riuscivo a sentire l'odore di due maschi all'interno della residenza. Uno era vicinissimo a una femmina umana che doveva essere Jessica, la loro compagna dalla Terra. L'altro? La rabbia e la frustrazione gravavano nell'aria, la risposta del suo corpo allo stress era evidente, quantomeno a me. L'odore proveniva da una piccola stanza vicina a una specie di biblioteca, dove antichi tomi storici e armature cimeli di famiglia decoravano le pareti.

L'armatura di suo padre. Quella di suo nonno. Segnate e bruciate e ammaccate in battaglia. La famiglia Deston era leggendaria tra i Prillon, e io non avevo alcun dubbio sul fatto che il Prime fosse un guerriero eccellente. Ma io ero all'altezza della situazione.

Mi mossi verso la porta, la aprii. Sapevo che dietro vi avrei trovato il Prime Nial. Da solo.

Il legno Prillon brillava sul pavimento. Ampie finestre

mostravano una vista spettacolare sulla città sottostante, permettendo così al leader di tenere a mente tutti quelli su cui governava da dentro queste mura. E il maschio di per sé... due metri d'altezza, spalle ampie e poderose.

Non feci il minimo rumore, eppure lui si bloccò, la mano a mezz'aria, e sollevò lo sguardo, ma senza fare altri movimenti. Si prese il suo tempo per ispezionarmi da capo a piedi, valutando le mie intenzioni. Aveva dei buoni istinti. Mise da parte il rapporto a cui stava lavorando e sollevò le sopracciglia con fare impaziente. Mi piacque non appena parlò.

"E tu chi diavolo sei?" La voce del Prime Nial era un quieto ruglio.

"Cacciatore d'Elite Quinn, Prime Nial. Mi scuso per le condizioni della sua guardia personale." Udii l'altro maschio che si muoveva e mi chiesi cosa mi avesse fatto scoprire. Poi mi ricordai i collari che indossavano i Prillon. Un momento di allarme nel Prime Nial avrebbe messo in allerta il suo secondo, che sarebbe subito venuto in suo aiuto per proteggere la loro compagna.

Il Prime Nial era misurato e ragionevole, ma avevo sentito che il suo secondo, una bestia di guerriero di nome Ander, era temuto tra la sua gente, che portava su di sé profonde cicatrici che si era fatto in battaglia e spaventavano i nemici di Nial.

Io non avevo paura né dei guerrieri Prillon, né delle loro cicatrici. Eppure non ero un idiota. Dovevo sbrigarmi. Affrontare il Prime Nial da solo era una cosa. Non avevo desiderio di parlare con nessun altro. Ander era irrilevante ai fini della mia missione.

Rimasi in piedi e aspettai che il governante Prillon decidesse cosa fare di me. Non volevo fare nient'altro per mancargli di rispetto. Irrompere in casa sua senza essere annunciato bastava e avanzava per venire puniti in modo severo. Ma niente di tutto ciò che potevano farmi mi avrebbe fermato. Ero già stato all'inferno in quella base controllata dallo Sciame. In confronto, una prigione della Coalizione sarebbe stata come una vacanza. E Niobe valeva qualsiasi rischio.

Si alzò, si posizionò davanti alla propria scrivania. Mi aveva già studiato per decidere se fossi un pericolo o no, ed era chiaro che avesse capito che ero innocuo. Questo suo trovarmi non minaccioso forse avrebbe dovuto insultarmi, o forse avrebbe dovuto rassicurarmi il fatto che la reputazione dei Cacciatori d'Elite mi precedesse, e che il Prime Nial sarebbe partito dal presupposto che non gli avrei fatto alcun male.

"Sono conscio del fatto che i Cacciatori d'Elite siano veloci, ma superare le mie guardie..." Scosse il capo e si appoggiò all'ampia scrivania. Ero sicuro che avesse un contingente di guerrieri nelle vicinanze. Ma se avessi avuto intenzione di uccidere il Prime, l'avrei già fatto. "Quante ne hai superate."

Feci due conti veloci. "Nove."

"Tutte vive?"

"Certamente."

Annuì. "Impressionante."

Non dissi nulla. Lo stavo ringraziando per il complimento.

"Dovrei essere colpito, o dovrei licenziare i miei addetti alla sicurezza?"

La mia presenza qui non era colpa dei suoi guerrieri. "Con tutto il dovuto rispetto, Prime Nial, io sono un Cacciatore d'Elite con quasi vent'anni di esperienza sul campo. Le sue guardie sono svenute ancor prima di potersi accorgere che ero qui."

Il suo occhio non integrato – il sinistro era completamente argentato a causa delle integrazioni dello Sciame – si sgranò. "Perché ti trovi nella mia casa, Cacciatore d'Elite? Spiegati, e assicurati di essere convincente."

"La mia compagna è il viceammiraglio Niobe."

Un sorriso ammorbidì la sua espressione seriosa. Si drizzò e mi si fece incontro per darmi una pacca sulle spalle. "Non sapevo fosse stata abbinata. Congratulazioni."

Annuii e sorrisi. Ero contento, e non temevo condividere la mia felicità.

"Ma ciò non spiega la tua intrusione illegale e non autorizzata in casa mia, né il tuo trasporto non autorizzato."

"A dire il vero, signore, sì."

Si lasciò cadere su una delle due sedie messe lì per i visitatori. La posizione meno che formale alleviò il mio timore di venire portato via prima di aver formulato la mia richiesta.

"Questa la voglio proprio sentire." Indicò la sedia di fianco alla sua.

Essendo entrambi alti – con lui che era molto più alto di me – le sedie erano troppo vicine. Scostai la mia indietro e poi mi sedetti. "Lei ha una compagna." Guardai il suo collare rosso. "Suppongo che lei sia ferocemente protettivo nei confronti della sua compagna."

Non era una domanda. Se l'avessi formulata come una domanda, avrei insultato non solo il Prime, ma anche un maschio Prillon unito a una compagna. Una mossa poco furba.

"Ferocemente. Lady Deston è il mio mondo. E quello di Ander."

"Come si sentirebbe se la sua compagna fosse un viceammiraglio, se facesse parte dell'Intelligence?"

Si massaggiò la mascella, mi studiò. Era chiaro perché fosse il Prime. Era premuroso, analizzava ogni cosa. Ma era anche spietato. Una descrizione che calzava anche a Niobe.

"Lei è molto importante per me, per la Coalizione." Il suo elogio mi diede la speranza che avrebbe acconsentito alle mie richieste.

"Fa per dell'Intelligence. È un ufficiale autorizzato della Coalizione. Lavora con il dottor Helion in numerosi programmi altamente segreti." Dissi queste cose come se lui non le sapesse.

"Capisco." Il Prime si sporse in avanti, i gomiti poggiati sulle ginocchia. Mi studiò. "Non puoi proteggerla come vorresti."

Era anche intelligente.

"Suppongo che lei sia al corrente di quanto successo su Latiri 4, della cattura e del trasporto di un'unità Nexus da parte del viceammiraglio?"

"Sì. È un'informazione altamente protetta, ma, dal momento che sei qui, non posso incolparti del tuo esserne al corrente."

"Io ero lì. Quello stronzo mi ha torturato per oltre una settimana, ha ucciso la mia unità e mi ha fatto guardare."

Il Prime sospirò e io mi resi conto di aver perso la concentrazione, anche se solo per un secondo.

"Mi dispiace per la tua unità."

Annuii. Non c'era niente che potessi aggiungere. "Essendo io l'unico sopravvissuto, sono... in un periodo di pausa. La mia unità non c'è più. Ho servito più abbastanza Everis e la Flotta. Niobe – il viceammiraglio Niobe – non è soltanto la mia compagna. È il mio lavoro. La mia *missione*."

"Quinn, tu sei un Cacciatore d'Elite. Non sei uno dei miei ufficiali. Tecnicamente, non fai parte della Coalizione. Cos'è che vuoi da me?"

"Voglio essere assegnato in modo permanente come guardia personale del viceammiraglio Niobe. Dove va lei, vado io. Centro di Comando dell'Intelligence. L'Accademia. Ogni riunione, ogni missione. Solo così potrò proteggerla."

"Quinn, tu rispondi agli Everian. Non a me."

"Mi tolga il mio status di Cacciatore d'Elite. Mi assegni a una commissione della Flotta della Coalizione. Mi dia l'autorizzazione di stare al fianco della mia compagna."

Sollevò le sopracciglia, sorpreso. "Perché dovrei farlo?"

"Come ho detto, ora, e fino al mio ultimo respiro, la mia missione è Niobe. Mi assegni come sua guardia del corpo. Dove va lei, vado io."

"E se mi rifiuto."

Toccò a me studiarlo, giudicare la minaccia alla mia compagna. Lui era il mezzo per un fine desiderato, una soluzione che avrebbe soddisfatto sia me che la mia compagna. Ma se si rifiutava? "Troverò un altro modo, ma starò con lei. La proteggerò. Non ho altra scelta. Non posso accettare che le cose restino così. Non posso guardarla mentre si addentra nel pericolo sola e senza protezione."

"È protetta dalla Coalizione, da guerrieri abilissimi, da risorse addestrate dell'Intelligence."

"E nessuno di loro la proteggerà come farei io, e lei questo lo sa."

A questo punto sogghignò e io cominciai a rilassarmi, a pensare che, forse, avrei ottenuto quello che volevo senza dover continuare a discutere.

"Non faresti più parte dei Cacciatori d'Elite. Mai più. Non faresti più rapporto a Everis, ma agli ufficiali della

Coalizione." Quando non sbattei ciglio, aggiunse: "Diventeresti un semplice guerriero della Coalizione, con il grado di tenente. Sei troppo intelligente, troppo abile, troppo addestrato per accettare una tale degradazione. Diamine, saresti a malapena meglio di un cadetto."

Feci spallucce. "I titoli non significano nulla. Può chiamarmi come più le aggrada, io sono quello che sono. Le mie abilità non cambieranno. Sono un Cacciatore d'Elite, anche senza il titolo. Nessuno può proteggere la mia compagna come me. Devo servirla. Ma, per farlo, ho bisogno che il resto della Flotta della Coalizione riconosca il mio status di suo guardiano. Sarò lieto di seguire i suoi ordini..."

"E i miei." La sua richiesta fu chiara, senza inflessibile. Ma io sapevo che non mi avrebbe chiesto niente che non potessi accettare. Non era un maschio irragionevole.

"Accetto."

Il silenzio si prolungò e noi ci fissammo senza sbattere le palpebre. Il suo occhio argentato era sbalorditivo. Strano. Ma sapevo che era in grado di vedere tutto. Forse anche di più. "Ti intrufoli in casa mia, metti fuori combattimento i miei guerrieri, esigi di parlarmi, e pensi che io dovresti ricompensarti dandoti esattamente quello che vuoi?" rispose.

"Sì." Sostenni il suo sguardo. Volevo che capisse. "Mi ascolti. Posso farmi andare bene il fatto che la mia compagna sia un viceammiraglio. È intelligente, competente. Non metto in dubbio né la sua competenza, né la sua saggezza. Sono orgoglioso del grado che ha ottenuto. Sono orgoglioso di lei, orgoglioso di poterla chiamare mia." Sospirai, provai a rilassare le spalle tese. "Ma non posso accettare che sia in pericolo. Pensarla che parte senza che io sia lì con lei a tenerla al sicuro mi stava rendendo pazzo." Mi sporsi in avanti, sapevo che nei miei occhi c'era uno sguardo di sfida. Non mi sarei arreso, non ora. Questo era il mio futuro. C'era in gioco la sicurezza della mia compagna. "Mi ingaggi. Mi renda un ufficiale della Coalizione. Mi dia il livello più basso di autorizzazione necessaria per stare al suo fianco. Io sono fedele alla mia compagna, alla Coalizione dei Pianeti, alla sopravvivenza e alla sicurezza di tutti i pianeti membri. Ho dimostrato più volte il mio valore. Non tradirò né lei né la Flotta. Non tradirei mai Niobe. Mi assegni alla sua sicurezza personale. Sarò il tenente più competente e spietato che si sia mai visto nella Coalizione."

"Come ho detto, perderesti il tuo status di Cacciatore d'Elite." Quell'affermazione significava che ci stesse ancora pensando su.

Feci spallucce. "Con tutto il dovuto rispetto, come ho detto, non m'importa. Mi faccia tenente e mi assegni all'Accademia, alla sicurezza di Niobe. Dove va lei, vado io."

"E se non lo faccio?"

Mi appoggiai allo schienale della sedia. "Da maschio con una compagna, che cosa farebbe al posto mio?"

Mi studiò attentamente prima di portarsi vicino alla bocca il dispositivo di comunicazione che teneva al polso. "Codice di sicurezza Nial, Prillon Prime..." Pronunciò una serie di parole e frasi Prillon prima che qualche sistema computerizzato rispondesse alla sua chiamata.

"Qui il Centro di Comando, Prime Nial. Come posso esserle d'aiuto?"

Mi guardò. "Ultima occasione per cambiare idea."

"Non accadrà. Lei è mia."

Sogghignò e disse: "Il Cacciatore d'Elite Quinn del pianeta Everis con la presente viene arruolato come tenente nella Flotta della Coalizione e serverà in tale veste fino a nuovo ordine. Il suo livello di autorizzazione di sicurezza dovrà combaciare con quello del viceammiraglio Niobe dell'Accademia della Coalizione su Zioria. Viene assegnato come guardia personale del viceammiraglio fino a nuovo ordine e farà rapporto solo al viceammiraglio o a me."

Nessun ufficiale di basso grado a darmi ordini come avevo presupposto.

"Ricevuto, Prime Nial. Il tenente verrà contattato immediatamente per impostare i codici di autorizzazione e di accesso alle risorse della Coalizione. Posso fare altro per lei?"

"No, è tutto."

"Le auguro buona serata, signore."

La comunicazione si interruppe e meno di un secondo dopo il mio dispositivo suonò. Lo guardai, scioccato nel vedere i codici di accesso e i link alla mia nuova posizione all'interno della Flotta della Coalizione già presenti nel mio sistema di comunicazione. Adesso ero un tenente. Sarei andato ovunque andava la mia compagna. L'avrei protetta. Per sempre."

"Mi devi un favore, Cacciatore d'Elite Quinn. Un favore in via ufficiosa."

Annuii. "Di qualunque cosa abbia bisogno, non ha che da chiedere."

Soddisfatto, si schiaffeggiò le enormi ginocchia. Si sentirono dei forti colpi alla porta. "Nial? Che succede là dentro?"

Ander. Doveva essere lui, e non sembrava affatto contento. E poi sentii la voce di una femmina, e l'odore di una femmina umana, così simile a quello di Niobe. Ero stato così concentrato sulla discussione con il Prime Nial che avevo ignorato l'ambiente circostante, fiducioso che la porta chiusa avrebbe tenuto tutto il mondo fuori.

"Nial? Tutto bene? Chi c'è? Voglio conoscerlo." La femmina si mise a ridere, un suono che portò un soffice sorriso sul volto del Prime. "Chiunque sia, è uno cazzuto. Ha messo fuori gioco tutte le guardie del lato nord della casa ed entrambe le guardie fuori dalla cucina."

La porta si aprì e mi trovai davanti il guerriero Prillon più brutto che avessi mai visto in vita mia, con un'enorme cicatrice che gli sfregiava oltre metà del viso e del collo. La sua stazza, persino per un Prillon, era impressionante. Era più grosso del Prime Nial, e la compagna gli teneva una mano sul braccio con una tenera familiarità di cui sentivo la mancanza. Seguii quella mano tanto femminile per trovare una bellissima femmina lì in piedi accanto a lui. Aveva lunghi capelli setosi e un bagliore birichino negli occhi che avevo imparato a conoscere fin troppo bene negli ultimi giorni.

La Terra, a quanto pareva, aveva una scorta infinita di indipendenti femmine piene di vita.

Rimasi seduto mentre lei entrava, sicuro che così facendo avrei messo a loro agio i suoi compagni. Mentre lei si avvicinava, Nial si appoggiò allo schienale della sedia e fece un cenno al suo secondo dicendogli che non rappresentavo una minaccia.

Non che la loro graziosa compagna diede possibilità di ripensamento mentre si avvicinava e si appollaiava sul braccio della sedia di Nial per guardarmi.

Le sorrisi. Non ne potei fare a meno. Con la sua sicumera e la sua sfacciataggine, mi ricordava la mia compagna, Niobe. "Lady Deston, è un piacere conoscerla."

"Oh, e anche tu sei bello."

Ander ringhiò. Nial ridacchiò. "Jessica, stuzzica un altro po' Ander facendo apprezzamenti a questo Cacciatore – ora tenente – e potrebbe sculacciarti dopo per ricordarti a chi è che appartieni."

Lei rivolse un sorriso al suo compagno sfregiato quando lui mi si fece vicino, tenendomi a portata di mano... tanto per sicurezza. Lui, lo capivo. Lady Deston, tuttavia, era completamente impenitente nel suo focalizzare la propria attenzione su di me. "Quindi, chi sei, e perché ti trovi qui? È una vita che qui non succede niente di eccitante." Adocchiò Ander, e poi me. "Quanti guerrieri hai messo fuori combattimento?"

"Nove."

"Notevole." Girò la testa per guardare il suo compagno primario, il leader dell'intera Coalizione, il comandante militare a capo dell'intero sforzo bellico. "Devi migliorare i livelli di sicurezza, immagino." Ridacchiò. "Ha messo fuori gioco Hart e Tarzan."

"Il suo nome è Torzon."

"Quello che è. Deve decisamente trovarsene un altro. Tutto questo posto sa di Tarzan."

Chi cazzo era Tarzan? E perché Lady Deston si stava comportando in modo così strano? Come se mi conoscesse bene, come se facessi parte del loro cerchio di conoscenze. Come se si fidasse di me.

"Compagna." L'avvertimento del Prime fu per orecchie sorde, e io pensai che fosse l'amorevole gesto della mano che le accarezzava la schiena a incoraggiarla a ignorare l'avvertimento ringhiato. Mi resi anche conto che, se i suoi compagni non fossero stati qui a tenerla al sicuro, il suo atteggiamento nei miei confronti sarebbe cambiato radicalmente. Mi trattava come un amico perché poteva farlo in tutta sicurezza.

E l'enorme Ander qui di fianco me lo ricordava ogni volta che osavo sistemarmi sulla sedia.

Lady Deston mi guardò. "Quindi? Chi sei? Perché ti trovi qui? Voglio i dettagli."

"Sono il Tenente Quinn della Flotta della Coalizione, guardia personale del viceammiraglio Niobe."

"Oh, lei sì che è una tosta. Mi piace. Mi ricorda la Custode Egara sulla Terra.

"Chi?" Non sapevo chi fosse questa Custode Egara, ma se assomigliava alla mia Niobe, doveva essere una stupefacente, desiderabile femmina.

"Lascia stare. Quindi, *tenente*, perché ti sei intrufolato qui dentro?"

"Perché il suo compagno ha rifiutato una più cortese richiesta di un'udienza."

"E quindi hai messo fuori combattimento nove guardie e gli hai teso un'imboscata in casa sua?"

"Sì."

Il suo sorriso si allargò, pieno di comprensione. "Fammi indovinare, si tratta della tua compagna."

Annuii e lei si sporse verso il tocco di Nial. "Tutti voi maschi alfa siete così prevedibili. Quindi, chi è la fortunata?"

Non sapevo se Niobe fosse fortunata a essersi incastrata con me, ma sarebbe stata amata. Protetta. "Il viceammiraglio Niobe."

Lady Deston si bloccò. "O mio Dio. Sì! Finalmente. Devo chiamarla." Balzò in piedi, mi venne incontro, si sporse in vanti e mi diede un bacio sulla guancia. Prima che Ander potesse protestare troppo, lei gli andò vicino e lui la strinse come un tesoro... cosa che effettivamente era. "Sono così eccitata. La adoro. Verremo a farvi visita. Vero, Nial?

Possiamo andare all'Accademia e fargli visita presto, giusto?"

"Ma certo, amore. Qualsiasi cosa ti renda felice."

Ander la condusse via e io sorrisi guardandoli andare via. Quando mi girai verso il Prime Nial, lo trovai che mi stava fissando. Comprendendo cosa ci fosse tra di noi.

"Il viceammiraglio è cresciuto sulla Terra," disse, ma io capii ciò che omise. La sua compagna veniva dalla Terra. Passionevole. Intelligente. Piena di forza di volontà.

"Sì, e suo padre era un Cacciatore d'Elite. È veloce. Forte. Selvaggia."

Ridacchiò. "Vai. Levati dalle palle prima che cambi idea." Si mosse sulla sedia e si aggiustò il cazzo. "Vattene, Cacciatore. Ander sta ricordando alla nostra compagna a chi è che appartiene, e mi piacerebbe unirmi a loro."

Toccò a me ridere. Mi misi il dispositivo di trasporto sul petto e premetti il pulsante che mi avrebbe portato a casa. *A casa*. Da lei.

Niobe.

14

N iobe, Accademia della Coalizione, Foresta di Zioria

VIENI A DARMI LA CACCIA.

A quest'ora il mio compagno doveva aver ricevuto il bigliettino con su scritte quelle poche parole di sfida. Il sistema di trasporto mi aveva inviato una notifica non appena aveva lasciato Prillon Prime. Non appena aveva lasciato Prillon Prime per tornare da me.

Sapevo cosa aveva fatto. Il sistema della Coalizione mi aveva avvisata del nuovo status di Quinn. Era diventato un tenente della Flotta della Coalizione, aveva ottenuto delle autorizzazioni di livello incredibilmente elevato ed era diventato il mio bodyguard.

Adesso avrebbe risposto a me. A me e al Prime Nial. A nessun altro. Il che significava che d'ora in avanti sarebbe stato la mia scorta. Mi avrebbe accompagnata in ogni missione. In ogni riunione. Sarebbe stato al mio fianco per proteggermi, per tenermi al sicuro. E una volta finite tutte le riunioni?

Allora mi sarei tolta quest'uniforme e mi sarei sottomessa a lui. Avrebbe avuto lui il comando.

Quel pensiero mi fece fremere di bisogno. In qualche modo, aveva trovato il modo di far funzionare le cose tra di noi senza chiedermi di sacrificare la mia identità.

Ora lo amavo ancora di più.

Mi trovavo a diversi chilometri dall'Accademia. A diversi chilometri da chiunque. Sapevo di trovarmi da sola nella foresta. Se si fosse avvicinato qualcun altro, lo avrei sentito. Avrei sentito il loro odore. Stare insieme a Quinn mi aveva incoraggiata ad abbracciare il lato selvaggio della mia natura, il lato Everian. E mi sembrava normale. *Bello.*

E poi sapevo che nessuno si sarebbe addentrato in questi boschi perché avevo dato ordine tassativo di chiudere l'accesso a questa sezione della foresta fino a nuovo ordine.

Il che significava che sarebbe stata off-limits fino a domani, quando io e Quinn avremmo finito con l'aria notturna, il fresco profumo del fango e delle foglie e del sesso.

Mi sedetti su un tronco caduto, aspettai. Sapevo che il tecnico del trasporto avrebbe dato il mio messaggio a Quinn. Quelle poche parole sarebbero bastate a far scatenare il Cacciatore che era in lui. Sapere che sarebbe venuto a cercarmi scatenava qualcosa anche dentro di me. L'eccitazione.

Lo bramavo. Lo desideravo. Ma dire che la nostra unione era stata facile era ridicolo. Anche Kira e Angh avevano tutti questi problemi? Anche loro avevano avuto a che fare con lo Sciame e le battaglie e la possessività?

Io ero possessiva nei suoi confronti. Quinn era mio.

Pensare a un'altra donna che lo faceva suo, che imparava a conoscerlo come lo conoscevo io – obbedendo ai suoi ordini più oscuri e perversi – mi faceva stringere i pungi. Le avrei dato un cazzotto sul naso e l'avrei esiliata nell'angolo più remoto della galassia. L'avrei spedita su un asteroide a lavorare in miniera, o in Antartide.

Mi misi a ridere, il suono venne assorbito dalla foresta intorno a me. Non mi preoccupavo che Quinn ritornasse sano e salvo da qualche missione futura. Okay, un po' mi preoccupavo. Ma sapevo che era abile, che ovunque fosse andato avrebbe fatto parte di una squadra di guerrieri altamente addestrati. Gli incidenti capitavano. Diamine, lo avevo trovato dentro una cella, mezzo integrato. Ma forse era a causa del mio grado che accettavo la possibilità che potesse capitargli qualcosa. Non mi piaceva quel pensiero, certo, ma lo accettavo, così come Quinn aveva accettato me e il mio ruolo in questa guerra.

Infilai le unghie sotto la corteccia ruvida dell'albero. Ne staccai un pezzo e lo gettai in terra, irritata. Certo, lo aveva accettato, ma ciò non voleva dire che gli piacesse. Anzi, odiava il fatto che io corressi dei pericoli. La sua protettività mi irritava perché era come se lui dubitasse di me, e ciò mi dava sui nervi, sia come umana che come femminista. Pensava che fossi diventata viceammiraglio grazie al mio bel faccino o per pura fortuna? Diamine, no. Sapevo combattere. Ero un'ottima stratega. Un'ottima comandante. Le mie responsabilità erano l'unica cosa su cui non potevo scendere a compromessi, perché se lo avessi fatto avrei compromesso la Flotta della Coalizione, e il Prime Nial, e i cadetti e i guerrieri che se ne stavano sulle corazzate a combattere questa guerra. Stavo facendo il mio dovere per proteggere ciò che amavo. La Terra. Everis. La vita.

E il Prime Nial non era un uomo di Neanderthal. La sua compagna era un'umana, proveniva dalla Terra. E, come me, aveva una mente tutta sua, una mente che il Prime e il suo terrificante secondo, Ander, rispettavano. Il Prime Nial non avrebbe potuto – né *voluto* – sminuire uno dei suoi leader di spicco, maschio o femmina che sia, solo per far piacere alla propria compagna.

Il che significava che Quinn doveva o piegarsi o spezzarsi. Io non mi piegavo, non quando si trattava del mio lavoro.

Certo, Quinn non dubitava delle mie capacità. Ne aveva avuto una prova ancor prima di sapere che fossi la sua compagna. Ma lui era un maschio alfa in tutto e per tutto. Comandare faceva parte della sua natura, nel suo DNA. E così controllare. Proteggere. Possedere. Non poteva sopportare l'idea che io mi facessi del male perché, se mi fosse successo qualcosa, sarebbe stata colpa sua, sarebbe stata una sua mancanza. *Io* ero il *suo* lavoro. Il che aveva creato qualche problema. Fino ad oggi.

Colsi un piccolo fiorellino giallo e ne staccai i petali. *M'ama. Non m'ama.*

M'ama. Lo sapevo, anche se lui continuava a comportarsi in modo dannatamente testardo. Ma andare dal Prime Nial? Farsi togliere la propria autonomia, accettare l'arruolamento e un grado nella Flotta della Coalizione solo per stare insieme a me? Era qualcosa che non mi sarei mai aspettata, né qualcosa che gli avrei mai chiesto. Aveva sacrificato il proprio futuro e la propria libertà per stare insieme a me. Aveva scelto me. Mi amava. Non c'era altra spiegazione.

E io amavo lui.

"Compagna."

Trasalii udendo quell'unica parola. Per poco non caddi

dal tronco. Lì, in piedi di fronte a me, le braccia conserte, tutto grosso e muscoloso, c'era Quinn non indosso la sua uniforme da tenente nuova di zecca. Quel suo nuovo look mi colse di sorpresa.

Dio, quanto amavo gli uomini in uniforme.

Mi portai la mano al petto e provai a calmare il mio cuore impazzito.

"Sono riuscito ad avvicinarmi a te senza che tu te ne accorgessi. Devo preoccuparmi?"

Mi morsi il labbro per soffocare un sorriso e lo guardai. La foresta era umida, il calore intrappolato al di sotto del fogliame che la sovrastava. Era quasi... torrida. O forse era semplicemente il fatto che il mio virilissimo, sexy compagno si trovava davanti a me. Sapevo cosa c'era al di sotto della divisa. Muscoli duri, oltre a qualcos'altro altrettanto *duro*.

Era venuto da me. Lo avevo sfidato dicendogli di darmi la caccia, e lui mi aveva trovata. Qui. Dappertutto. E anche se era stato lui a venire da me, ora sarei stata io che avrei percorso gli ultimi metri verso di lui.

Mi alzai, sollevai l'orlo della maglia e me la sfilai mentre gli andavo incontro. Mi sbottonai i pantaloni e mi piazzai in piedi davanti a lui.

"Ti stavo pensando," gli dissi."

"Oh? E a cosa stavi pensando?" L'angolo della sua bocca si sollevò, l'unico cambiamento nel suo atteggiamento serioso. Il suo atteggiamento continuava ad essere rigido, il mento sollevato.

"A quello che hai fatto."

Le sue pallide sopracciglia si sollevarono. "Cioè?"

"Hai lasciato il tuo lavoro per me."

Il suo sguardo si addolcì e vi scorsi qualcosa che non avevo mai visto prima d'ora, qualcosa che avevo a malapena osato sperare. "Niobe, tu sei il mio lavoro. Il mio lavoro sei tu."

Inspirai a fondo. Aveva detto le esatte parole a cui avevo pensato.

Non mi sentivo sexy, ma mi piegai e mi sfilai prima uno stivale, poi l'altro. Quando mi drizzai, lo guardai dritto negli occhi. "E come hai detto, senza la mia uniforme, quando non sono il viceammiraglio, sono tua." Mi abbassai i pantaloni e le mutandine. Mi guardò mentre me li sfilavo.

"Esatto." Non si mosse, sollevò ancor di più il mento per ispezionarmi da capo a piedi. "Tutta."

Avevo ancora il reggiseno addosso. Me lo sfilai in un secondo e lo aggiunsi alla pila di vestiti sul soffice terreno della foresta.

Guardai le sue pupille che si dilatavano e il suo sguardo che studiava ogni centimetro del mio corpo. Rimasi immobile. Aspettai. Adesso era lui ad avere il controllo. Dio, la sensazione derivante dal suo assumere il potere, dallo scrollarmi di dosso tutte le responsabilità così come avevo fatto con la mia uniforme, era inebriante. Potevo essere di più di un semplice viceammiraglio. Potevo essere Niobe o, cosa ancora più importante, la compagna di Quinn.

E quello che aveva fatto per me... mi scoppiò il cuore, mi fu impossibile rimanere ancora ferma. Avevo bisogno di correre, il mio intero essere esplodeva di gioia.

Usando la mia velocità di Cacciatrice, regalo di mio padre, corsi nuda attraverso la foresta, muovendomi così velocemente che gli alberi intorno a me non era nient'altro che un'immagine sfocata.

Quinn mi chiamò, la sua voce un suono di eccitazione agonizzante. Bisogno.

Fame.

Mi aveva già dato la caccia, mi aveva già trovata nella foresta. Ora lo sfidavo di nuovo, stuzzicavo i suoi istinti d'accoppiamento, spronavo il Cacciatore d'Elite che era dentro di lui a rintracciare, a catturare e a reclamare la sua compagna.

Corsi con tutta me stessa. Non volevo essere catturata troppo presto, avevo bisogno di correre, di godermi l'eccitazione scaturita dal venire inseguita. Era divertente. Giocare, anche da nuda. E per quanto avessi bisogno delle forti braccia di Quinn attorno a me, del suo cazzo che mi riempiva e mi allargava, avevo bisogno anche di questo.

Per quanto mi muovessi veloce, lo sentivo che si faceva vicino, la sua vicinanza era come una scossa elettrica sulla pelle. Stava giocando con me, mi lasciava giusto poco fuori dalla sua portata. Mi stuzzicava. Mi faceva ardere.

Il suo profumo riempiva la foresta. Disegnai un ampio arco all'indietro così da poter rintracciare il suo odore, inalarlo insieme alla notte e alla foresta e agli insetti che cantavano. Ecco chi ero ora, con lui. Solo con lui. Ero selvaggia come gli animali, libera come il vento che mi scompigliava i capelli che disegnavano lunghe strisce d'ombra dietro di me.

Lo sentii un secondo prima che mi placcasse. Rotolammo sul terreno e lui usò il proprio corpo per interrompere la caduta.

Anche lui era nudo. Mi resi conto che aveva dovuto prendersi qualche secondo per togliersi i vestiti, quella sua sexy uniforme da tenente, così da darmi un po' di vantaggio.

Mi gettai su di lui, gli avvolsi le braccia attorno al collo e lo baciai.

Restò stupefatto dal mio entusiastico benvenuto per un secondo, poi mi mise le mani sul culo, mi tenne ferma e rotolò facendomi distendere sulle foglie morbide, il suo cazzo che si spingeva dentro di me mentre ci muovevamo.

Il suo cazzo mi penetrò, facendomi sua, facendo lui mio, e si abbandonò al bacio, al bisogno.

Sapeva di... Quinn. Caldo, speziato, pericoloso. *Mio.* Eravamo entrambi famelici. Selvaggi. Non mi ricordavo di aver sollevato le gambe e avergliele avvolte attorno alla vita. Il suo cazzo era a fondo dentro di me. Avrei voluto gemere e dimenarmi sotto di lui, toccarmi la clitoride, venire. Non sarebbe stato difficile farlo, ma resistetti. Avrei lasciato che fosse stato lui a decidere il quando e il come del mio piacere. L'idea di per sé non fece altro che aumentare ulteriormente la mia voglia.

I nostri movimenti rallentarono e si fecero teneri e gentili, e quando lui sollevò la testa, i nostri sguardi si incrociarono.

"Perché?" sussurrai studiando il suo viso. "Perché sei andato dal Prime Nial?"

"Perché forse sono in parte Atlan." Mosse i fianchi in avanti, colpendo qualcosa di oscuro e bisognoso dentro la mia fica. Sussultai. Gemetti. Mi aggrappai a lui.

Mi accigliai. Atlan? Non aveva alcun senso, e io già facevo fatica a pensare mentre il suo cazzo mi allargava. Mi riempiva. "Cosa?"

Si mosse e mi strusciò gli addominali duri come la roccia contro l'addome, muovendo il corpo in modo da strofinarsi contro la mia clitoride mentre mi cavalcava, mi penetrava. "Giuro di avere una bestia dentro di me quando si tratta di te. Non ho mai dubitato delle tue capacità. Mai. Sono orgoglioso di te, compagna. Orgoglioso che tu sia mia."

Non poté farne a meno, il suo gemito di piacere fu

uguale al mio quando la mia fica gli strinse il cazzo come un pugno. Sollevai le mani al di sopra della testa e le tenni lì. Inarcai la schiena e mi arresi.

"Per gli dèi, Niobe." Mi affondò la faccia nell'incavo del collo, usò le mani per sollevarmi i fianchi dal terreno e riuscire a penetrarmi ancora più a fondo. Gridai, persa. Non mi importava se fosse Everian o Atlan o se fosse un mostro; era mio, e io avevo bisogno di lui.

"Quinn." La mia voce fu poco più che un sussurro, ma lui mi udì, dimostrandomelo con un forte morso sul collo mentre lo imploravo di farmi venire. "Ti prego, Quinn. Ho bisogno di te. Io..."

Si fermò e io singhiozzai, ma rimasi in ascolto, perché era quello che voleva. "Sono orgoglioso di te, ma sono un Cacciatore d'Elite al di sotto dell'uniforme da tenente. Non sono docile, compagna. Hai tirato fuori degli istinti da dentro di me che non sapevo nemmeno di possedere. Non posso combattere il mio bisogno di proteggerti. Andare dal Prime Nial, chiedergli di diventare la tua guardia del corpo personale, era l'unico modo per proteggerti e tenerti vicina a me."

"Ma la tua libertà? E la tua famiglia su Everis? Il tuo lavoro? Era un Cacciatore d'Elite, persino io sapevo che erano altamente richiesti, e non solo dai comandanti militari. I governanti privati di molti mondi li assoldavano per varie mansioni. Erano rari. Preziosi. I loro servizi costavano una fortuna ed erano loro che sceglievano chi servire e chi no.

Accettando di essere arruolato come ufficiale nella Flotta della Coalizione, ora si trovava sotto il comando del Prime Nial. Il Prime ora poteva mandarlo in missione, ordinargli di obbedire. E se lui si fosse rifiutato? L'avrebbero sbattuto in prigione.

Scosse lentamente il capo. "Ho parlato con il Prime Nial. La sua compagna è umana, come te. Capisce con cosa ho a che fare."

Sussultai, pronta a difendere tutte le donne della Terra, ma lui mi baciò il collo e uscì da me, e poi tornò a penetrarmi. La mia protesta si tramutò in un fremito di piacere e la mia fica fu attraversata da forti scosse. Ce l'aveva enorme. Mi allargava. Mi riempiva fino a quando non riuscivo più a respirare, figuriamoci a pensare. "Possiamo finire questa conversazione più tardi?"

"No. Ascoltami, Niobe, e comprendi. D'ora in poi, il mio lavoro è proteggere te. Prendermi cura di te. Stare insieme a te. Non me ne frega un cazzo dei gradi. Il Prime Nial e io siamo giunti a un accordo. Io rispondo a te, compagna. Quando siamo in pubblico, prendo ordini da te. Da te e da nessun altro."

"Da me?"

"Da te." Mi mordicchiò le labbra, e ogni suo bacio contribuì a sciogliermi un po' di più il cuore. "Il Prime Nial mi ha concesso autorizzazioni di massimo livello, anche all'interno dell'Intelligence. Vado dove vai tu. Niente domande, niente discussioni."

Abbassai le mani e affondai le dita nei suoi lunghi capelli dorati. Setosi. Così soffici su qualcosa di così duro. E forte. E mio. "Okay."

Ridacchiò. "Okay? Niente discussioni?"

"No. Sono nuda, dopotutto. Non discuto con il mio compagno quando sono nuda."

"Hai ragione." Mi sollevò il culo, aprendomi per lui. Mi

penetrò a fondo. Ancora più a fondo. "Quando sei nuda, sei mia."

Sorrisi, gli accarezzai i capelli, gli strinsi la mascella nella mano. Sentii la sua ruvida barbetta. E fu allora che gli confessai la verità che avevo nel cuore. "Sono sempre tua, Quinn. Sempre."

Si fermò per un istante, come se la mia confessione l'avesse fatto trasalire, ma il suo corpo si fece rigido. Duro. Il mio autoritario amante stava uscendo dal gioco, e io avevo bisogno che smettesse di pensare, che godesse e basta. Io... ne avevo semplicemente bisogno.

"Metti le mani al di sopra della testa e tienile lì, compagna." Il suo ordine, così brusco, mi rese ancora più disponibile a ubbidire. Ero come una cadetta al suo primo giorno. Come se non dovessi far altro che seguire gli ordini.

Feci come mi aveva detto e lui rimase fermo, come un comandante che guarda i propri soldati. In attesa di vedere se qualcuno sgarra. Mi contorsi, sapendo che se non avessi seguito i suoi ordini, mi avrebbe sculacciata. E quella non era di certo una punizione.

Posizionando le mani al di sopra della mia testa, non potei notare il contorno della sua espressione nelle ombre della foresta. Il suo volto era teso, le vene del collo e delle tempie gonfie. Non era immune. Anzi, probabilmente era tanto disperato quanto me. Mi mossi d'istinto, aprii le gambe provando a farmi penetrare ancora più a fondo.

"Più larghe."

Deglutii e spinsi le ginocchia verso l'esterno. Di più, e poi ancora di più. Grazie a Dio avevo una buona forma fisica. Non ero mai stata così grata di avere dei fianchi flessibili.

Il suo tocco mi scaldava la pelle. L'umidità mi faceva

sudare. Ma era il suo sguardo che mi faceva ardere. Riusciva a vedere, riusciva a vedermi chiaramente nell'oscurità.

"Compagna, sei bellissima."

Mi *sentivo* bellissima.

Le sue mani mi afferrarono le caviglie. Tirò fuori il cazzo e mi baciò lungo il corpo, abbassando la testa verso la mia fica bagnata. Mi fece sollevare le gambe, spingendomi le ginocchia contro il petto.

"Oh!" gridai quando cominciò a leccarmi e trovò la clitoride e vi mise sopra la bocca. La baciò. La *governò*. Sollevai i fianchi, ruotandoli verso quel delizioso contatto.

"Quinn," dissi ansimando.

Non mi permise di venire, si fermò ben prima, stuzzicandomi, prolungando il mio piacere. Governando il mio corpo come fare esperto. Sollevò la testa e mi guardò. Dio, vedere i miei umori che gli bagnavano le labbra, il mento... perverso.

"Per favore," lo implorai. Lo bramavo, volevo che mi riempisse, volevo sentire il suo corpo duro che premeva contro il mio. Volevo andare in frantumi mentre il suo cazzo era dentro di me. Volevo sapere che mi proteggeva. Che mi possedeva.

Forse gli piaceva sentirmi che lo imploravo, perché obbedì lasciandomi andare le ginocchia e posizionandosi di fronte alla mia entrata. La testa liscia del suo membro premette in avanti e io sollevai lo sguardo su di lui, sollevato sugli avambracci. Lui sostenne il mio sguardo e si mosse. Entrò d'un centimetro. Si fermò.

"Compagna. *Mia*."

E poi mi penetrò. Con forza. Velocemente. Reclamandomi. Facendomi di nuovo sua.

Inarcai la testa all'indietro, sentivo lui che mi circondava, che mi riempiva... era troppo.

Il suo gemito vibrò dal suo petto trasmettendosi nel mio.

"Sì!" gridai. Non ero un viceammiraglio, non ero a capo dell'Accademia. Non ero in missione per conto dell'Intelligence. Ma ero qui dove dovevo essere. In questo momento, ero importante. Mi arresi al mio compagno. Diedi al mio compagno ciò di cui aveva bisogno e, in cambio, lui mi rese completa.

Mi mise una mano sul fianco e rotolammo. Quinn era ora disteso sulla schiena, io sopra di lui. Cavalcando i suoi fianchi stretti, il suo cazzo in profondità dentro di me, mi spinsi sul suo petto, aleggiai su di lui.

"Quinn?" dissi ansimando.

Lui mi mise le mani sui fianchi, mi sollevò un po', e poi mi rilasciò cadere verso il basso. Sussultai. Lui gemette.

"Cavalcami, compagna. Mungimi lo sperma dalle palle."

Ero in cima a lui, potevo muovermi come desideravo. Il suo cazzo era mio, e potevo farne ciò che volevo. Ma ciò che feci gli diede piacere. Mi contrassi attorno a lui e lui gemette di nuovo, le sue mani mi strinsero i fianchi.

Mi mossi disegnando dei cerchi, mi sollevai, mi lasciai ricadere. Lo scopai. Lo usai per il mio piacere. E più piacere ne ricavavo, più ne ricavava lui. Mi persi nelle sensazioni che mi donava, mi abbandonai al piacere, corsi alla sua conquista. Venni con un grido che echeggiò nella foresta e continuai a mungergli il cazzo, lo sentii che si gonfiava dentro di me un attimo prima di venire.

In questo momento, eravamo entrambi persi nel piacere che potevano trovare solo l'uno nell'altra, lo sapevo; Quinn e io appartenevamo l'uno all'altra.

Eravamo una cosa sola.

EPILOGO

Quinn, Un mese dopo, Posizione sconosciuta

"DOVE CI TROVIAMO?" chiesi guardandomi intorno. La piattaforma di trasporto sembra tanto generica e familiare come qualsiasi altra nell'universo.

Cinque minuti prima, ero entrato nell'ufficio di Niobe per riaccompagnarla a casa. Non ero stato costretto a farlo; avrebbe potuto attraversare l'Accademia senza il mio aiuto. Volevo solo starle vicino. Stare insieme a lei mi rendeva contento, contento come non mi ero mai sentito in vita mia. L'irrequietezza che mi aveva piagato per tutta la vita si era acquietata non appena avevo reso lei il centro della mia attenzione. Il mio scopo.

Non appena avevo convinto il Prime Nial a togliermi dalle palle i suoi protocolli e le sue regole così che potessi proteggere la mia compagna.

Invece di raccogliere le proprie cose, come faceva di solito, Niobe fece il giro della scrivania, mi mise un dispositivo di trasporto sul petto, mi prese per mano ed ecco che eravamo spariti.

Trasportati. Inviati... qui.

Il tecnico del trasporto dietro il pannello di controllo si drizzò e fece il saluto. "Viceammiraglio," disse. La guardò sgranando gli occhi, come se il nostro arrivo fosse una sorpresa, ma niente di più.

Niobe mi lasciò andare la mano e scese dalla piattaforma. Si aspettava che la seguissi. Certo che lo avrei fatto. Ovunque.

Senza rivolgere la parola al tecnico, uscì dalla stanza e girò a destra imboccando un lungo corridoio. Tutto era indistinto, non avevo idea di dove ci trovassimo. E non aveva risposto alla mia domanda.

Il suo passo era svelto ed efficiente, sembrava sapere esattamente dove stesse andando. Diversi soldati ci passarono di fianco facendo il saluto.

Dopo qualche svolta lungo i corridoi, Niobe poggiò la mano su un pannello di fianco a una porta. La luce si fece verde e la porta si aprì in silenzio. Varcammo la soglia ed entrammo in un altro corridoio, ma la temperatura era di diversi gradi più fredda. C'erano numerose porte su entrambi i lati. Niobe si fermò davanti alla terza a destra.

Si girò verso di me per la prima volta da quando eravamo arrivati e mi tolse il dispositivo di trasporto dal petto. "Hai cinque minuti, Cacciatore d'Elite Quinn."

Mi accigliai e guardai la porta. Nessuno mi chiamava più con il mio vecchio titolo. Adesso ero il Tenente della Flotta della Coalizione Quinn. A che gioco stava giocando?

"Cinque minuti? Per fare cosa?"

Sollevò il mento, il suo sguardo oscuro incrociò il mio. "Giustizia."

Sbatté la mano contro il pannello di fianco alla porta. Fece un bip, si colorò di verde e la porta si aprì.

Guardai dentro e mi bloccai.

L'unità Nexus.

Guardai Niobe. Volevo essere sicuro di aver capito bene.

"L'hanno avuto per oltre un mese. Basta e avanza. Ora è tuo."

Porca. Puttana. Questa era una base dell'Intelligence. Da qualche parte. E questa era una prigione dove si trovava il Nexus. Senza dubbio c'era qualche specie di laboratorio qui intorno. Odiavo la sensazione di confinamento, sapere che l'unica via di fuga fosse quella porta. Di recente mi ero ritrovato dentro a una cella non dissimile da questa, l'ospite di questo stronzo blu, e rimasi scioccato nel constatare che non ero felice di trovarmi qui, nonostante quello che mi stava offrendo la mia compagna. Avevo provato a fuggire dalla mia cella, e non c'ero riuscito. Nessuna via d'uscita. Nessuna via d'uscita su Latiri 4 per me, e nessuna via d'uscita qui, ora, per lo stronzo blu.

Girai la testa e lo guardai. Era pieno di tagli, ma sulla testa aveva un migliaio di minuscoli taglietti, come se gli scienziati dell'Intelligence avessero dedicato particolare attenzione a quell'area, senza dubbio nel tentativo di capire come le unità Nexus controllavano le menti dei soldati e dei civili che integravano. Era smagrito, se possibile. Io lo credevo tutto macchina, ma forse le parti biologiche del suo corpo erano deperite. Era nudo, e non potei fare a meno di fissare le pezze blu e argentate che gli ricoprivano il corpo. aveva delle costole, come me. Braccia. Gambe. Ma il suo torso blu scuro era ricoperto d'argento, il suo cazzo era uno strano affare attorcigliato che sembrava avere vita propria. E i suoi occhi scuri erano chiaramente concentrati su di me, nonostante il suo indebolimento.

"Sei qui per finirmi, Cacciatore?" Il Nexus non sorrise, né sembrò temere la mia risposta. E qual era la mia risposta?

Lo guardai e provai... niente. Nessun interesse nel guardarlo. Pensai alla foresta su Zioria, a me che inseguivo la mia compagna per gli spazi aperti, all'aria umida, al terreno accidentato. Alla *libertà*.

Mi girai di scatto verso Niobe, ma lei aveva in viso quella sua espressione da viceammiraglio. Priva di ogni emozione. In completo controllo. Era stata lei a scegliere di portarmi qui. Grazie al suo rango, l'accesso era stato semplice. Persino l'accesso di livello elevato al trasporto personale era alla sua portata.

Cazzo.

Mi aveva portato dal Nexus affinché lo uccidessi. Affinché lo finissi, come avevo voluto fare quando lo avevamo catturato su Latiri 4. Allora si era rifiutata di cedere, si era opposta quando non uno, ma numerosi soldati avevano voluto uccidere il Nexus, contrariamente ai suoi ordini. Non aveva ceduto allora. Perché lo stava facendo adesso?

Perché lo avevo fatto io. Perché mi ero arreso a lei tanto quanto lei si era arresa a me. Non durante il sesso, ma nella vita. Scegliendo lei e la Coalizione al posto della mia libertà di Cacciatore d'Elite.

Mi sentivo dilaniato. Flagellato. Il cuore che mi esplodeva dal petto. Per questa femmina. Come potevo essere tanto fortunato da essere stato abbinato a lei? Lei non aveva bisogno di me. Dèi, lei era intelligente, abile, spietata, astuta, in pieno controllo di sé stessa e di tutto quello che c'era intorno a lei. Era coraggiosa, con due palle più grandi di quelle di tanti maschi.

Ed era mia.

Avrei voluto afferrarla, stringerla a me, abbracciarla. Baciarla. Spingerla contro il muro e scoparla a lungo, con forza. Mi stava dando quello che volevo. Quello di cui pensavo di aver bisogno. La vendetta per i miei amici morti. Una chiusura.

"Cinque minuti," ripeté guardando il dispositivo di comunicazione che portava al polso.

Tempo che non avrei sprecato. Mi girai ed entrai nella stanza. La porta si chiuse alle mie spalle. Non dovetti guardare per capire che Niobe non era entrata insieme a me. Era fuori in corridoio che aspettava mentre io restavo da solo con il Nexus. Per ucciderlo, se era questo quello che desideravo.

L'unità Nexus era incatenata come lo ero stato io. Non avrebbe potuto toccarmi neanche se ci avesse provato.

Ci guardammo e sentii un altro ronzio nella mente, l'effetto della sua vicinanza sui microscopici innesti che rimanevano ancora nel mio corpo. Non mi sarei mai liberato completamente di lui. Nemmeno se lo avessi ammazzato. Ma ormai non aveva più alcuna influenza su di me.

I nostri sguardi si incrociarono e, sebbene sentissi una strana attrazione, mi bastò pensare a Niobe per oppormi senza problemi alla sua influenza psichica.

"Non hai niente da dire, Cacciatore?"

"Mi dispiace."

Non avevo mai visto un'unità Nexus prima di questa qui, e non avevo scorto delle emozioni sul suo viso durante la mia cattività. Ma ora vi scorgevo della sorpresa. "Ti scusi? Perché?"

Passai velocemente in rassegna i suoi ceppi, le ferite, il peso perduto e capii che aveva passato l'inferno, proprio come me. "Perché io non sono come te. Io non sono malvagio. Non godo nel vedere gli altri che soffrono, nemmeno quando sono miei nemici."

Sbatté le palpebre, il lento movimento delle sue palpebre sugli ampi dischi ovali era strano da vedere. "Io non sono malvagio. Il male non esiste. Il bene non esiste. Bene. Male. Non sono altro che concetti per menti piccole."

Ma che cosa cazzo stava dicendo? E perché gli stavo parlando?

No. Sapevo quale fosse la risposta a quella domanda. Curiosità. Un bisogno di comprendere il nemico. "Allora perché combattere questa guerra? Perché uccidere tutta quella gente?"

Il Nexus inclinò la testa, come fosse confuso. "Guerra? Noi non siamo in guerra. Noi vogliamo imparare, e voi opponete resistenza."

Imparare? Era così che lo chiamava lui? Prendere dei valorosi soldati e trasformarli in dei robot? Controllare le loro menti? Costringerli a uccidere i propri amici? I propri cari? A volte i propri bambini?

"Perché opponete resistenza?"

"Perché noi scegliamo di essere degli individui. Scegliamo la libertà."

"La libertà è un'illusione. L'individualità è un'illusione. Questo corpo, il tuo corpo, entrambe delle illusioni. Siete già parte di noi."

"No. Non è così. Non lo siamo, e non lo saremo mai." Non mi avrebbe mai capito. La mia mente questo lo capiva, ma il mio cuore no. Quante vibranti menti condivideva? I pensieri di quanti soldati integrati riusciva a sentire? Riusciva mai a ritrovarsi da solo dentro la propria testa? Era mai stavo *veramente da solo*?

"Il futuro è inevitabile, Cacciatore. Vedrai. Alla fine, diventeremo tutti un'unica cosa."

Fanculo a quelle stronzate. Mentre aspettavo di sentire l'impulso di staccargli la testa dal collo, di impostare la pistola a ioni sulla massima potenza e finirlo, mi resi conto di non volerlo più fare. Non più.

Il bisogno di ucciderlo era stato tale da accecarmi, anche quando Niobe mi aveva spiegato, mi aveva detto la verità. L'unità Nexus serviva viva. Il mio momento di giustizia per tutto quello che mi aveva fatto non era abbastanza importante da sovrastare la vittoria che sarebbe stata raggiunta grazie a quanto si poteva apprendere studiando il nemico. Molte vite sarebbero potute essere salvate se la Coalizione fosse arrivata a comprendere com'era che queste unità funzionavano. Come *pensavano*. Uccidendolo, tutti i dati, tutta la conoscenza, sarebbero andati perduti.

E per cosa? Il mio meschino, personale bisogno di distruggere un piccolo pezzo dello Sciame che mi aveva fatto del male.

Questa era una guerra, una guerra che andava avanti da centinaia di anni. Ero sopravvissuto. Altri no. E molti altri sarebbero morti se non sceglievamo di studiare ciò che odiavamo.

Se io non fossi stato catturato, allora Niobe non sarebbe venuta da me su Latiri 4. Non mi avrebbe salvato, non avrebbe chiuso la base. Non saremmo stati in grado di salvare tutti gli altri e di consegnare una cazzo di unità Nexus viva all'Intelligence.

Grazie alla mia prigionia, alle mie integrazioni, al mio sacrificio, tutto il resto era andato per il verso giusto. Il mio fine ultimo come Cacciatore d'Elite era venire catturato? Venire torturato e abbinato e salvato e portato qui, in questo momento, così che milioni di persone potessero evitare un destino simile?

Se avessi ucciso questo stronzo, il mio imprigionamento non sarebbe servito a niente. La prigionia di tutti gli altri, la loro morte, non sarebbero valse a nulla.

No, doveva restare in vita, proprio come aveva detto Niobe. La cattura e lo studio dell'unità Nexus dovevano essere una vittoria per la Coalizione, un motivo di speranza in questa guerra.

Qui non si trattava di me. Non si trattava di lei.

Qui si trattava del bene contro il male. Del salvare gli altri.

Feci un passo indietro, sbattei la mano contro il muro e lanciai un'ultima occhiata all'unità Nexus che ora non significava più nulla per me.

Mi stuzzicò con le parole. "Imparerai, Cacciatore. Alla fine, imparerai."

Il suo fatalismo stoico fu come un colpo di fucile, ma lo sparo rimbalzò sulla mia armatura mentale.

Il colpo non andò a segno. Non mi ferì. Niobe mi aveva guarito, mi aveva reso più forte. Più forte del Nexus in questa cella. Più forte dei miei errori passati. Più forte di quanto non avessi diritto a essere, ma non avrei mai smesso di lottare. Non mi sarei mai arreso. Non avrei mai smesso di proteggere ciò che era mio. La mia vita. Il mio mondo. La mia compagna. Adesso era lei il mio universo. Il mio universo. E se il dottor Helion doveva torturare e dissezionare l'unità Nexus per aiutarmi a proteggerla, allora che così fosse.

Mi girai e uscii dalla cella. Niobe si accigliò quando mi vide uscire e scorse il nemico dietro di me che ancora respirava, sempre incatenato al muro.

La porta si chiuse e lei mi si fece vicina. Mi guardò negli occhi. "Perché?"

Feci un passo verso di lei, i nostri corpi si toccarono. La porta della cella si chiuse facendo un suono ben distinto mentre il mio passato mi echeggiava alle spalle e imprigionava il Nexus. Sarebbe restato lì e lo avrebbero testato, analizzato. *Usato.*

"Perché lui rappresenta il passato. Tu, compagna, sei il mio futuro."

Mi sporsi in avanti, strusciai le mie labbra sulle sue.

Lei non ricambiò il mio baciò, resto immobile. Forse l'avevo scioccata. Confusa con il rovesciamento riguardo lo stronzo blu.

"Nei sei sicuro?"

Annuii, la presi per mano.

"Sì. Sono contento di essere tuo. Di essere la tua sicurezza. La tua protezione. Il tuo compagno. Tuo e basta, Niobe."

Inarcò un sopracciglio, mi studiò, forse per capire se le stessi dicendo la verità. Poi, apparentemente compiaciuta, annuì.

Mi condusse verso la stanza di trasporto. Si girò e mi guardò.

"Ti amo, lo sai sì?"

Le sorrisi e la tirai per un braccio, la baciai di nuovo, perché potevo farlo, perché lei era mia. "Lo so. Io ti amo di più."

Sollevò un sopracciglio, il giudizio freddo e calcolatore proprio del viceammiraglio palese sul suo viso... fino a quando a non mi sorrise come una dea che aveva appena ricevuto un dono – e quel dono ero io. Mi sarei preso cura di lei, l'avrei protetta, amata, avrei dedicato il resto della mia vita a renderla felice, e non vedevo l'ora di cominciare.

Camminammo in silenzio fino a quando non ci ritrovammo in piedi sulla piattaforma di trasporto. "Trasporto di ritorno. Invertire coordinate," ordinò al tecnico.

"Sei pronto, compagno?" mi chiese. Il calore e lo sfrigolio dell'imminente trasporto mi fecero rizzare i peli delle braccia.

"Con te? Sempre."

ISCRIVITI ALLA NEWSLETTER

Iscriviti alla mia mailing list per essere il primo a sapere di nuove uscite, libri gratuiti, prezzi speciali e altri omaggi di autori.

http://ksapublishers.com/s/bw

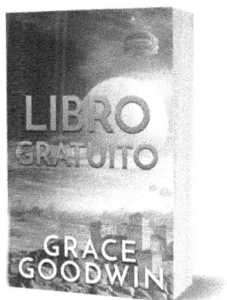

ALTRI LIBRI DI GRACE GOODWIN

Programma Spose Interstellari

Dominata dai suoi amanti

Il compagno prescelto

La compagna dei guerrieri

Rivendicata dai suoi amanti

Tra le braccia dei suoi amanti

Unita alla bestia

Domata dalla bestia

La compagna dei Viken

Il Figlio Segreto

Amata dalla bestia

L'amante dei Viken

Lottando per lei

L'amante dei ribelli

Reclamata dai Viken

La compagna dei comandanti

Amante e compagna

Programma Spose Interstellari: La Colonia

La schiava dei cyborg

La compagna dei cyborg

Sedotta dal Cyborg

La sua bestia cyborg

La febbre del cyborg

Il cyborg ribelle

Cofanetto La Colonia (Libri 1 - 3)

Cofanetto La Colonia (Libri 4 - 6)

Il figlio segreto del cyborg

Programma Spose Interstellari: Le vergini

La compagna dell'alieno

La sua compagna vergine

La sua sposa vergine

La sua principessa vergine

Le Vergini, Il Cofanetto Completo

ALSO BY GRACE GOODWIN

Interstellar Brides® Program: The Beasts

Bachelor Beast

Maid for the Beast

Beauty and the Beast

Interstellar Brides® Program

Assigned a Mate

Mated to the Warriors

Claimed by Her Mates

Taken by Her Mates

Mated to the Beast

Mastered by Her Mates

Tamed by the Beast

Mated to the Vikens

Her Mate's Secret Baby

Mating Fever

Her Viken Mates

Fighting For Their Mate

Her Rogue Mates

Claimed By The Vikens

The Commanders' Mate

Matched and Mated

Hunted

Viken Command

The Rebel and the Rogue

Rebel Mate

Surprise Mates

Interstellar Brides® Program: The Colony

Surrender to the Cyborgs

Mated to the Cyborgs

Cyborg Seduction

Her Cyborg Beast

Cyborg Fever

Rogue Cyborg

Cyborg's Secret Baby

Her Cyborg Warriors

The Colony Boxed Set 1

Interstellar Brides® Program: The Virgins

The Alien's Mate

His Virgin Mate

Claiming His Virgin

His Virgin Bride

His Virgin Princess

The Virgins - Complete Boxed Set

Interstellar Brides® Program: Ascension Saga

Ascension Saga, book 1

Ascension Saga, book 2

Ascension Saga, book 3

Trinity: Ascension Saga - Volume 1

Ascension Saga, book 4

Ascension Saga, book 5

Ascension Saga, book 6

Faith: Ascension Saga - Volume 2

Ascension Saga, book 7

Ascension Saga, book 8

Ascension Saga, book 9

Destiny: Ascension Saga - Volume 3

Other Books

Their Conquered Bride

Wild Wolf Claiming: A Howl's Romance

I LINK DI GRACE GOODWIN

Puoi seguire Grace Goodwin sul suo sito, sulla sua pagina Facebook, sul suo account Twitter, e sul suo profilo Goodread usando i seguenti link:

Web:

https://gracegoodwin.com

Facebook:

https://www.facebook.com/profile.php?id=100011365683986

Twitter:

https://twitter.com/luvgracegoodwin

Goodreads:

https://www.goodreads.com/author/show/
15037285.Grace_Goodwin

L'AUTORE

Grace Goodwin è un'autrice di successo negli Stati Uniti e a livello internazionale, di romanzi di fantascienza e paranormali. I titoli dell'autrice sono disponibili in tutto il mondo in più lingue nel formato e-book, cartaceo, audio e app di lettura. Due migliori amiche, una l'emisfero destro e l'altra quello sinistro, compongono il pluripremiato duo di scrittrici Grace Goodwin. Sono entrambe madri, appassionate di escape room, avide lettrici e intrepide bevitrici delle loro bevande preferite. (Potrebbe esserci o meno una guerra tra tè e caffè in corso durante le loro comunicazioni quotidiane.) Grace ama ricevere commenti dai lettori.